Moritz Franz Beichl
Die Abschaffung der Wochentage

Moritz Franz Beichl

Die Abschaffung der Wochentage

Roman

Residenz Verlag

MIX
Papier aus verantwortungsvollen Quellen
FSC® C014496

Wir danken für die Unterstützung

Stadt Wien
LAND SALZBURG Kultur
KULTUR NIEDERÖSTERREICH

Bibliografische Information der Deutschen Nationalbibliothek
Die Deutsche Nationalbibliothek verzeichnet diese Publikation in der Deutschen Nationalbibliografie; detaillierte bibliografische Daten sind im Internet über http://dnb.dnb.de abrufbar.

www.residenzverlag.com

Umschlaggestaltung: Sebastian Menschhorn
Typografische Gestaltung, Satz: Ekke Wolf, typic.at
Lektorat: Jessica Beer
Gesamtherstellung: GGP Media GmbH, Pößneck

ISBN 978 3 7017 1757 6

Für A., M. und P.

ERSTER TEIL

Ich schreibe dir nicht mehr.

Nie wieder.

Ab jetzt.

Du brauchst auch gar nicht mehr zu antworten, weil ich dir ohnehin nicht mehr schreiben werde, ich stehe zu dieser Entscheidung, ich will einfach nichts mehr von dir hören, und ich weiß jetzt endlich, dass es mir besser geht, wenn wir Abstand halten. Ich weiß, dass wir uns eigentlich gegen Distanz entschieden haben, und ich weiß, dass dir die Distanz auch weh tun wird, aber ich brauche das jetzt, ich brauche einfach Abstand von dir.

Meine Mama sagt übrigens auch, dass wir keine Freunde bleiben sollten.

Wären wir befreundet, würdest du jetzt antworten.

Weißt du, ich möchte noch kurz erklären, warum ich so heftig reagiere: Ich will einfach nicht mehr auf deine Nachrichten und Anrufe warten, oder dir schreiben und dann schreibst du gutgelaunt zurück, als wäre nie etwas gewesen, ich brauche das nicht mehr, weißt du, wie weh das tut? Nur um meine Entscheidung zu erklären: Ich brauche jetzt einfach Zeit für mich. Wie soll ich denn je über dich hinwegkommen, wenn ich dir ständig schreibe? Und du dann auch immer schreibst und mich anrufst. Wir müssen damit aufhören, okay?

Meine Rolle: Es gibt alle diese Erfahrungen, diese Geschichten, diese Menschen, die ich liebte und die ich fickte, von denen ich erzähle, die in mir leben, die mich zu dem machen, was ich bin. Es ist nicht die befriedigendste Rolle auf der Welt. Auch wenn ich sie gerne spiele, diese Rolle. Ich will diese Rolle nicht mehr spielen.

Ich trinke gerade ein Glas Rotwein, mein erstes heute. Prost. Ich trinke auf dich. Auf uns. Nein, eigentlich auf mich, dass ich mich jetzt endlich von dir lösen kann.

Prost.

Proooooooost.

Es ist gut, dass du mir nicht mehr zurückschreibst. Ehrlich. Es ist so gut, dass du nicht mehr schreibst, genau das brauche ich, das bedeutet etwas, das ist gut, sehr gut. Ich habe die zwei blauen Häkchen gesehen, ich weiß, dass du das liest, du musst mir nicht schreiben, nein, du darfst mir gar nicht mehr schreiben, weil ich jetzt gewonnen habe. Es ist vorbei. Ich spreche das letzte Wort hier. Ich will nichts mehr von dir hören. Vor ein paar Tagen haben mich die zwei blauen Häkchen noch verrückt gemacht: Warum schreibst du mir nicht zurück? Jetzt finde ich sie gut, diese Häkchen, lies das alles und wage es nicht, mir zu antworten.

Aber warum antwortest du nicht? Bist du bei der Arbeit? Triffst du dich schon mit jemand anderem? Nein, das glaube ich nicht. Das ist wirklich zu früh. Das musst du mir auch wirklich nicht beantworten, eigentlich will ich das gar nicht wissen. Du hättest aber schon kurz antworten können und deine Meinung dazu sagen, dass ich jetzt nicht mehr mit dir befreundet sein will. Na ja, so long. See you. Peace out.

Zweites Glas Rotwein, auf mich: Prost.

Vielleicht auch zweite Flasche: ups.

Ich weiß, du hasst es, wenn ich lange WhatsApp-Nachrichten schicke, ich erlaube mir aber dennoch eine: Als wir vor ca. zwei Wochen im Kino waren, das war doch schön, oder? Ich musste gerade daran denken, irgendwann während des Films haben sich unabsichtlich unsere Arme berührt und wir haben die Arme so liegen gelassen. Ich habe immer wieder überlegt, ob ich den Arm wegnehmen soll, aber diese Berührung war so intim, das fandest du doch auch, oder? Ich habe dann nach der Hälfte des Films meinen Arm allmählich ganz leicht gegen deinen gedrückt, um sicherzugehen, dass du weißt, dass du gerade meinen Arm berührst und nicht etwa die Sitzlehne oder so, und du hast den Druck gespürt, aber deinen Arm nicht wegbewegt, da wusste ich, dass du mich eigentlich liebst. Du hast das doch genossen, oder? Wenn du ehrlich bist. Nach der Trennung in neuer Freundschaft die erste intime Berührung. Eigentlich weiß ich, dass du mich liebst, und es ist okay, dass du das gerade nicht zulassen kannst, so liberal bin ich, dir zu erlauben, erst mal deinen Kram in Ordnung zu bringen, aber eigentlich wissen wir beide, dass du mich liebst und dass wir am Ende doch zusammenbleiben werden. Das wissen wir beide.

Ich bin's noch mal (sorry). Sag mir doch eines noch, damit ich wirklich abschließen kann: Wovor hast du Angst? Du hast solche Angst davor, zu lieben, vor meiner Liebe. Dann hör ich auch auf, dir zu schreiben, wirklich, aber ich möchte wissen, warum du dich so scheust davor, schöne Erfahrungen zu machen. Es könnte so schön sein mit uns beiden, das weißt du, ich bin so wütend auf dich, dass du so feige bist und nicht den Mut hast, diese Erfahrungen zu machen, du Arschloch.

Okay, sorry, ich meinte das jetzt nicht so. Ich will dir keine Vorwürfe machen. Ich verstehe schon, dass du in einer schwierigen Situation bist, du hast es auch gerade nicht besonders leicht, ich will dich nicht unter Druck setzen, das war unangebracht, sorry. Tut mir wirklich leid, kommt nicht wieder vor.

Mein wievieltes Glas, ein Abschiedsglas, ich höre unser Lied, dann ist es aus, Prost.

Oh, es gibt neue Emoticons! Hast du die schon gesehen? Ich bin entzückt!

☠️ ⚕️ 🌊

Auch wenn ich gerade nicht unbedingt Lust habe, Emoticons zu verwenden.

Umso mehr ich an dich denke, desto eher vergesse ich dein Gesicht, ehrlich. Ich weiß schon gar nicht mehr, wie du ausgesehen hast. Und wenn ich an deine Stimme denke, fällt sie mir einfach nicht mehr ein. Das mit dem Gesicht mag auch daran liegen, dass ich in der neuen Wohnung kein einziges Bild von dir habe. Um ehrlich zu sein, sind hier noch gar keine Bilder. Es hat sich nicht so viel verändert, seitdem du mir die Kisten vorbeigebracht hast, also kannst du es dir in etwa vorstellen. Aber ich fühle mich recht wohl hier, eigentlich sehr wohl, seit wie vielen Jahren wohne ich jetzt zum ersten Mal wieder alleine? Es tut richtig gut, nach all der Zeit wieder alleine zu wohnen. Ich kann alles so gestalten, wie ich möchte, auch meinen Alltag, also der neue Alltag entsteht ja erst, so lange bin ich ja noch nicht hier, aber der soll ganz egoistisch werden, der neue Alltag. Ich mache alles so, wie ich will. Und wenn ich um drei Uhr nachts Chicken Nuggets esse, wird mich niemand verurteilen, hahaha!

Was brauche ich eigentlich, das überlege ich die ganze Zeit, deswegen trinke ich so viel, kannst du mir das nicht sagen, nur so als letzten Satz oder als letztes Wort, vielleicht reicht auch ein Wort, sag mir doch bitte, was ich gerade brauche, ich weiß es nicht mehr, ich hab es vergessen, und wenn ich in mich reinhören will, wie es mir geht, was ich so brauche, dann höre ich nur das Glucksen meiner Organe, aber da ist kein Herz mehr in meinem Magen.

Was ich brauche? Chicken Nuggets. Frage gelöst. Ohne dich. Super.

Meine Gefühle tun weh.

Ich betrinke mich heute. Ab morgen bleibe ich nüchtern.

Das glauben wir ja beide nicht.

Aber, na ja, vielleicht glauben wir es doch, vielleicht schaffe ich es ab morgen.

Eine Sache in der neuen Wohnung ist komisch, das möchte ich dir noch erzählen, dann ist Schluss. Der Klogeruch. Zu Beginn, in unserer Anfangszeit, wollte ich nie scheißen gehen, wenn du da warst, weil mir das unangenehm war. Und nachdem wir zwei Monate zusammen waren, ich kann mich noch genau erinnern, da warst du bei mir und hast in meinem Klo geschissen, und ich war danach im Bad und es roch nach der wahren Liebe, die du mir da gestanden hast. Also es stank auch ein bisschen, wir hatten an dem Tag indisch gegessen, aber um ehrlich zu sein, wusste ich in diesem Moment, dass das eine ganz große Sache mit uns beiden wird. Ja, das ist komisch, dass der Geruch mir jetzt fehlt. Da ist jetzt nur mehr mein Geruch auf diesem Klo. Ich verwende nicht mal mehr Duftspray, wobei sich das wiederum nach Freiheit anfühlt: ICH KACKE UND VERWENDE KEINEN DUFTSPRAY, NIMM DAS, DU SINGLEVERACHTENDE WELT! Ja, ich hab es gesagt: single. SINGLE. Mit einem Klo ganz für mich alleine. Das gehört nur mir und sonst niemandem auf der Welt. Ich kann da reinkacken und pissen, wie ich möchte, und niemand wird sich beschweren!

Ich hatte gerade einen lustigen Gedanken: der Penis! Der hängt immer zwischen den Beinen rum, die ganze Zeit! Das ist doch absurd. Wer hat sich das bitte ausgedacht?

Habe eben mit meiner Mama telefoniert. Sie meint, ich soll aufhören, dir zu schreiben. Eine sehr weise Frau. Gute Nacht.

*

Es ist mir ein bisschen unangenehm, dir heute wieder zu schreiben. Eigentlich wollte ich mich nur kurz bei dir entschuldigen dafür, dass ich gestern so, naja, nervig (?) war. Nimm es mir bitte nicht zu übel. Da waren so viele Gefühle, die sich in den letzten Tagen aufgestaut haben, die mussten irgendwie raus – und leider warst du derjenige, der das abbekommen hat. Wie gesagt, es tut mir wirklich sehr leid. Es wird nicht noch einmal vorkommen. Okay. Schönen Tag dir noch.

*

Ich bin es wieder. Keine Sorge, ich bin heute gefasster, ich schreibe dir nur, weil ich das Bedürfnis habe, dir etwas zu erzählen. Und bevor ich mich den gesamten restlichen Tag quäle, ob ich dir nun schreiben soll oder nicht, mache ich es jetzt einfach und erlöse mich von diesem inneren Konflikt. Ich hoffe, du verzeihst mir das. Ich habe heute begonnen, mich in meiner neuen Wohnung einzurichten. Du musst wissen, es war gar nicht leicht, so schnell etwas zu finden, dafür ist sie wirklich nicht schlecht. Eineinhalb Zimmer, recht klein, aber gemütlich. Unter mir ist ein Kiosk, mit dessen Besitzer, Fatih, ich mich schon eng befreundet habe: Fatih und ich, wir zwei, ein wunderschönes Paar. Immer wenn ich nachts meine Flasche Rotwein (oder Flaschen) kaufe, erzählt er mir von seinen zwei

Töchtern und zeigt mir Bilder, ein toller Kerl. Wie auch immer, was ich dir eigentlich erzählen wollte – denn ich schreibe dir bestimmt nicht wegen Fatih –, ist, dass ich heute zwei meiner zwölf Kisten ausgeräumt habe. Was ich für Krempel besitze! Nach zwei Kisten wurde mir ganz schwindelig und ich habe diesen Vorgang erst einmal abgebrochen, ich habe ja auch viel Zeit, mir es hier heimelig zu machen, und obwohl noch zehn unausgepackte Kisten herumstehen, wird es langsam. Das wollte ich dir aber eigentlich gar nicht erzählen. Was ich dir erzählen will: In meinem Zimmer steht ein Schrank. Der Vormieter hat ihn mir überlassen und du weißt, dass ich eigentlich keine Schränke mag, aber aus Bequemlichkeit habe ich ihm gesagt, dass er ihn hierlassen kann. Er ist mittelschön, würde ich sagen. Etwas rustikal, was ihn sexy macht, aber auch etwas plump, ein Gebrauchsmöbel halt. Wie auch immer, ich habe mir heute Zeit genommen – sicher drei Stunden – und habe ihn verziert, was vor allem daraus bestand, ihn mit Fotos zu bekleben. Zuerst habe ich alle Fotos der letzten Jahre rausgesucht, auf denen du nicht bist, die du nicht geschossen hast, die nicht in unserer gemeinsamen Wohnung gemacht wurden, auf denen keiner deiner Freunde abgebildet ist, die nicht von gemeinsamen Urlauben stammen – und tatsächlich: Ein paar Fotos blieben übrig. Dann habe ich mich durch sämtliche Tumblrs und Instagrams geklickt und mir schöne Menschen (mit und, ja, auch ohne Tattoos) rausgesucht: Cole Mohr, Patti Smith, ja auch Kate Moss, Robert Mapplethorpe, Eva Green … Mit einem USB-Stick (neu gekauft: 32 fucking GB (was die wohl mittlerweile alle können, aber so modern bin ich noch nicht)) mit ca. 300 Fotos drauf bin ich zum Copyshop und habe das alles ausgedruckt. Zu Hause habe ich eine Schere genommen und gebastelt – und ich sage dir: Basteln könnte ein neues Hobby von mir werden (irgendetwas muss ich ja mit meiner vielen freien Zeit doch anfangen). Ich habe sie ausgeschnitten und die Schranktüren von oben bis unten beklebt. Dann habe ich noch etwas Goldglitzerfolie gekauft und Sterne und Herzen ausgeschnitten (ja ich weiß: kitschig; aber du kennst ja meinen Hang zum Kitsch, auch wenn es vielleicht peinlich ist) und sie zu den schönen Menschen und den wenigen Fotos von mir geklebt. Mein Schrank ist jetzt ein Rockstar. Ehrlich. David Bowie sieht prüde aus dagegen. Ich glaube, ich werde mich daran gewöhnen können, alleine zu wohnen, noch ist es zwar sehr frisch, aber mein Schrank und ich, wir werden eine tolle WG haben, das fühle ich. Na ja. Das wollte ich dir mitteilen. Mir geht es gut. Ich habe eine Beziehung zu einem geschenkten Schrank aufgebaut, ich fühle mich wohl in meinem Heim (auch wenn ich unsere, na ja, früher einmal unsere Wohnung vermisse). Ich hoffe, dir geht es auch gut. Seit längerer Zeit fühle ich mich zum ersten Mal wieder gut. Vielleicht können wir uns ja sogar bald mal wieder treffen. Natürlich nur wenn du dazu Lust hast. Liebe Grüße von uns beiden.

Kleines Update zwischendurch: Ich lebe noch und habe vier weitere Kisten ausgepackt.

*

Ich hatte eben das Bedürfnis, dir zu schreiben, es tut mir sehr leid, aber du weißt ja, ich bin eine handelnde Person, und bevor ich einen Konflikt habe, ob ich etwas tun soll oder nicht, dachte ich, ich erlaube mir kurz, diesem Bedürfnis nachzugehen. Es ist dunkel und vor meinem Fenster ist schon der wunderschöne Krach der Straße zu hören, vor allem der Kiosk, habe ich festgestellt, ist ein Hotspot für die Leute in diesem Viertel, wenn ich zu Fatih gehe und meinen Hausrotwein kaufe, quatschen mich immer Leute an, ein Mädchen, ich glaube, sie hieß Claudia, habe ich sogar mit hochgenommen. Ich sitze hier auf meinem Sessel und bin etwas melancholisch. Ich mag mein neues Zuhause, ich glaube, ich möchte morgen eine Wand gelb streichen, gelb, fragst du jetzt bestimmt, ja: gelb! Eigentlich mochte ich Gelb nie, aber seit kurzem mag ich die Farbe, und man muss sich ja verändern, mit der Zeit gehen, und jetzt beginnt die gelbe Phase, glaube ich. Wenn die Läden noch offen wären, würde ich jetzt losziehen und mir einen Eimer gelbe Farbe kaufen und einfach beginnen, die Wand zu streichen. ES LEBE DIE SPONTANEITÄT. Du sagtest immer, du magst meine spontane Art. Na ja, ist auch egal. Ich mag mein neues Heim, ABER: Ich vermisse unsere Wohnung. Also deine Wohnung. Geht es ihr gut? Bist du lieb zu ihr? Grüß sie von mir.

Hast du die Kaffeemaschine mal entkalkt? Ich habe das länger nicht gemacht, das solltest du vielleicht nicht vergessen.

Hast du eigentlich etwas umgestellt? Das würde ich zu gerne wissen. Ich habe ja einiges mitgenommen, sieht es jetzt nicht ein bisschen verlassen aus? Hast du neue

Bilder an die Wand gehängt? Was steht denn jetzt da, wo der Sessel war? Hast du das Sofa umgestellt?

Und putz die Fenster manchmal, das war immer meine Aufgabe, und ich mag es nicht, wenn der ganze Dreck von der Straße daran klebenbleibt.

Sorry. Das war jetzt unangebracht. Tut mir leid. Das ist natürlich deine Entscheidung, ob du die Fenster putzt oder nicht, das geht mich jetzt nichts mehr an. Tut mir leid.

Aber eines muss ich schon sagen: Es hat mich schon sehr geärgert, dass das immer an mir hängenblieb, dir lag daran nicht so viel, deswegen habe ich das immer gemacht, aber jetzt kann ich dir sagen: Das hat mich schon sehr geärgert, immer, auch dass ich immer den Müll runtergebracht habe, du hast das meistens vergessen und dann habe ich das übernommen, aber ich habe dir nie gesagt, dass mich das schon ziemlich gestört hat, deine Nachlässigkeit bei solchen Sachen. Und beim Kühlschrank musst du wirklich aufpassen, der war schweineteuer, stell bitte nichts drauf und pass auf mit offenen Flaschen, deren Inhalt schlecht werden könnte, den Gestank kriegst du nie wieder raus.

Sorry. Ich will dir keine Vorwürfe machen, es ist ja nun vorbei, es macht gar keinen Sinn, dir jetzt zu sagen, was mich in unserer Beziehung immer geärgert hat.

Mach mit dem Kühlschrank und der Kaffeemaschine, was du willst. Nur falls ich den Kühlschrank irgendwann vielleicht mal abholen komme, sollte er noch in gutem Zustand sein, sonst will ich das Geld, nur damit du Bescheid weißt.

Okay, ich höre jetzt auf, zu schreiben. Das ist alles total unangebracht. Ich habe jetzt meine eigene Wohnung, ich habe Fatih und meinen Schrank und meinen Sessel und die Geräusche von der Straße und ein schönes Marmeladenglas voll Rotwein. Prost.

*

Ich gehe jetzt in eine Therapie. Ich schreibe dir das, damit du weißt, dass du dir keine Sorgen mehr machen musst, ich werde jetzt beschützt von einer großen, starken Frau in glänzender Rüstung. Ich muss zugeben, das erste Treffen heute war schon etwas schräg, ich kann gut über meine Gefühle sprechen, aber das mit einer wildfremden Frau zu tun, daran muss ich mich noch gewöhnen. Ich glaube, sie kann mir guten Widerstand leisten, sie ist nicht so eine, die nur nickt. Das gefällt mir an ihr.

*

Ich muss dir etwas beichten.

Beichten ist vielleicht das falsche Wort, lass uns eher sagen: Ich muss dir etwas mitteilen.

Muss ist auch das falsche Wort, ich muss wirklich nicht, aber ich möchte.

Ich möchte dir etwas mitteilen.

Ganz egal, wie du das aufnimmst, du verdienst, es zu erfahren.

Ich hatte heute Besuch von deiner Mutter. Warum sollte ich, nur weil wir zwei aufhören, Freunde zu sein, auch mit ihr nicht mehr befreundet sein? Schließlich haben wir uns immer gut verstanden. Wir haben kurz hin- und hergeschrieben und dann habe ich sie spontan gefragt, ob sie nicht vorbeikommen möchte, dann könnten wir gemütlicher quatschen, und eine Stunde später war sie da. Vielleicht hat sie dir das ohnehin erzählt und diese »Mitteilung« erübrigt sich, vielleicht war sie aber auch unsicher, ob sie dir das erzählen soll. Sollte das so sein, habe ich das jetzt übernommen. Es war toll. Erika ist eine tolle Person, ich weiß gar nicht, ob du das zu schätzen weißt. Wir haben sehr lange über dich gesprochen, da dachte ich, um fair zu sein, möchte ich dir das erzählen. Erika bedauert die Trennung und hat Witze darüber gemacht, wie doof du bist, das hat mich sehr aufgeheitert. Sie meinte, ich fände sicher jemand Besseren, niedlich, das über sein eigenes Kind zu sagen, oder? Wahrscheinlich hat sie recht, sie hat mir gleich von den Angestellten in ihrem Laden erzählt, mit denen sie mich verkuppeln möchte. Ich habe erst mal geweint, dann habe ich Ja gesagt, vielleicht ist es gar nicht so schlecht, jetzt ein bisschen zu daten. Erika hat mir rote Rosen und Rotwein mitgebracht, sehr fürsorglich, und ich habe gemerkt, wie gut sie mich kennt. Ich habe die Gläser gefüllt und dazu »Für mich soll's rote Rosen regnen« von Hildegard Knef gespielt. Wir haben beide gelacht und in meiner kleinen Wohnung vor uns hin getanzt. Deine Mutter ist eine tolle Tänzerin! Und sie hat für ihr Alter eine beachtliche Figur. Einen Moment lang dachte ich, ich brenne gleich mit ihr durch. Nein, das war jetzt ein Scherz, ich würde nicht mit deiner Mutter durchbrennen. Mit deinem Vater aber vielleicht. Nein, das war wieder ein Scherz. Es ist schön zu wissen, dass auch in so schwierigen Zeiten meines Lebens Menschen für mich da sind und Rotwein und rote Rosen vorbeibringen. Sie wollte sogar für mich kochen und meine Wohnung putzen (ich glaube, das ist so eine Sache, die Mütter nie loswerden, vor allem deine nicht). Das habe ich aber abgelehnt, das wäre mir zu skurril. Außerdem muss ich zugeben, dass mein Appetit dieser Tage nicht sonderlich groß ist. Und das ist noch untertrieben. Das habe ich Erika aber nicht gesagt, ich wollte nicht, dass sie sich übermäßig Sorgen macht. Bis zu einem gewissen Grad darf und soll sie sich ruhig Sorgen machen, aber dann doch nicht zu sehr, für sie ist es ja auch eine Trennung, und vielleicht leidet sie ja sogar selbst darunter. Sprichst du mit ihr über uns? Oder über mich? Uns gibt es ja nicht mehr. Als Erika ging, gab sie mir zur Verabschiedung einen Kuss auf den Mund (wir haben nicht nur die eine Flasche getrunken, die sie mitgebracht hat) und es war ganz offensichtlich, wie unsicher sie war, was sie noch sagen sollte, und aus ihrem Mund kam etwas wie: »Das wird schon wieder. Also. Du musst da jetzt einfach durch. Kopf hoch. Halt die Ohren steif. Du schaffst das schon.« Das war eher entmutigend als aufmunternd. Aber sie hat es gut gemeint. Vielleicht war das auch der Auslöser, warum ich dir das eben »beichten« wollte. Ach, ich liebe Erika. Sie hat recht. Auch wenn sie es etwas tollpatschig ausgedrückt hat: Alles wird wieder gut. Lass es uns sozialistisch angehen und mehr in die Zukunft als in die Vergangenheit schauen. Das ist mein neues Lebensmotto.

LASS UNS DIESE TRENNUNG SOZIALISTISCH ANGEHEN.

Oh, ich habe eben noch ein Lebensmotto erfunden: LIEBE DICH SELBST, ALS WÄREST DU JEMAND ANDERER.

Ich habe noch eins:

MASTURBATION IS EASY, FINDING THE VIDEO IS HARD.

ICH ERHOFFE DAS BESTE UND ERWARTE DAS SCHLIMMSTE.

ICH SUCHE DAS BESTE IN JEDEM EINZELNEN MENSCHEN! (Und finde es nur so selten.)

NUR MIT DER RUHE PUTZT MAN DIE SCHUHE.

NO RISK, NO RISK.

Das reicht für meine heutige Rotwein-WhatsApp-Tagebuch-Mitteilungs-Ichlebenoch-Ja-Ich-lebe-aber-wie?-Mitteilungs-WUT. Good night, my darling of the darkness, sleep well, sweet dreams. Das hat mir meine Oma beigebracht, meine ersten englischen Worte, ja, das war wirklich diese schlimme, eklige, tote Frau: good night, sleep well, sweet dreams.

*

Ich brauche dich nicht. Das habe ich heute in der Therapie gelernt. Ich brauche dich (nicht mehr). Gute Nacht.

*

Das Schlimmste an der Tatsache, dass wir jetzt getrennt sind, ist, dass ich beim Pizzabestellen den Mindestbestellwert nicht mehr erreiche.

*

Ich habe dir doch erzählt, dass ich jetzt eine Therapeutin habe. Ich habe noch einmal über die erste Sitzung nachgedacht, und desto mehr ich über die Sitzung nachdenke, umso eigenartiger erscheint mir diese Situation. Zum Beispiel war ich ganz durchgeschwitzt, als ich ankam, weil ich das Treppenhaus ganz hoch- und wieder runtergelaufen bin, bis ich eine offene Tür fand, an der kein Schild angebracht war. (KEIN SCHILD!) Warum hat eine offizielle Therapeutin (das ist sie nämlich schon) kein Schild an ihrer Tür? Und dann habe ich mich auf ein rotes Ledersofa gesetzt, sehr hässlich. Ich weiß nicht, wie solche Räume üblicherweise aussehen, es mag schon sein, dass diese Zimmer generell eigenartiger Natur sind, aber dieses Zimmer! Rechts neben meinem Kopf standen eine Kaffeemaschine und eine Karaffe mit Wasser, von dem ich nicht wusste, ob ich es trinken darf. Meine Therapeutin saß die ganze Zeit hinter einem hässlichen Schreibtisch aus Glas (Sitzen Therapeuten hinter Schreibtischen? Gibt es noch Leute, die einen Schreibtisch mit Glasoberfläche haben, und wenn ja, wer macht so was?) und hat mir Fragen gestellt, ganz schnell, übertrieben schnell, und die Antworten abgetippt, und die erste Frage war: Wie ist die Beziehung zu Ihrer Mutter? Girlfriend, if you ask me this question, you can't expect a short answer. Während ich das so tippe, wird mir erst klar, wie absurd diese ganze Geschichte eigentlich ist. Und überall in diesem Zimmer lagen kleine Sportgeräte. Und es war auch ziemlich unordentlich. Hilfe. Wo war ich da nur? Nachdem ich von meinen Problemen erzählt habe, war es ohne Übertreibung drei Minuten lang komplett still, und sie hat mich immer wieder angesehen, als wüsste sie nicht, was sie mit mir tun soll. Das war aber gar keine Anfängerin, die war bestimmt schon 40. Und ich war supernett, warum war ich so nett zu ihr? Wenn ich sie das nächste Mal sehe, spucke ich ihr ins Gesicht und sage ihr, dass sie die Beziehung zu meiner Mutter überhaupt nichts angeht!

*

Ich habe jetzt eine neue Therapeutin. Eine neue Frau in glänzender Rüstung.

*

Weißt du, was unfassbar interessant ist? Von Jägermeister gibt es doch die populären kleinen Fläschchen, die man in der Bar bekommt. Und dann gibt es auch die durchaus bekannten großen Flaschen. ABER: Anscheinend gibt es auch eine mittlere Portion, die mir bisher nicht *bekannt* war, Fatih verkauft die allerdings, und ich finde die Größe sehr praktisch. Ich trage immer zwei dieser mittelgroßen Fläschchen in meiner Jackentasche herum, wenn ich das Haus verlasse (falls ich das Haus verlasse), um Spannungen abzubauen, die in alltäglichen Situationen ja recht leicht entstehen können, und eine Rotweinflasche mitzutragen ist doch ein wenig zu auffällig. Ich trinke erst, wenn die Sonne untergeht, das ist mir ganz wichtig, denn ab dem Moment, wo ich schon morgens trinke, hätte ich ein echtes Problem. Wie heißt es so schön: Man braucht 10 000 Drinks, um eine Krise zu überwinden. Ich würde nicht sagen, dass ich eine echte »Krise« durchmache, dieses Wort würde ich eher Leuten zugestehen, die einen Todesfall o. Ä. erleben, aber als kleines Krischen würde ich mein Debakel derzeit schon bezeichnen, daher werden wohl schon 5000 Drinks genügen (die ich bestimmt bald zusammenhaben werde, vielleicht sollte ich ab jetzt eine Strichliste führen, damit ich weiß, wann der Zeitpunkt erreicht ist). Diese mittelgroßen Jägerfläschchen, die eine neue

Entdeckung für mich darstellen (vielleicht kennst du sie ja schon), kommen mir gerade sehr gelegen.

Ich habe eben auf www.kenn-dein-limit.de einen Selbsttest gefunden. Glaubst du, ist es schlimm, wenn ich mir, während ich den Test mache, ein Gläschen Rotwein genehmige? Mal sehen, was mir das Internet rät.

Der Test sagt, ich soll die Fragen so ehrlich beantworten, wie ich kann. Dann muss ich mich jetzt kurz zusammenreißen.

Erste Frage: Wie oft trinken Sie in der Woche Alkohol?
A. Höchstens einmal pro Woche.
B. Häufiger als einmal pro Woche.
Ich finde es sehr nett, dass mich der Test siezt, wir können aber auch gerne »du« sagen. Antwort: B. Ich kenne niemanden persönlich, auf den A zutreffen würde, also bin ich erst mal nicht beunruhigt. Oder bin ich beunruhigt, weil ich niemanden kenne? Na ja.

Zweite Frage: Wenn Sie Alkohol trinken, wie viele alkoholische Getränke trinken Sie typischerweise an einem Tag? Ein alkoholhaltiges Getränk ist z. B. ein kleines Glas Bier, ein kleines Glas Wein oder Sekt, ein einfacher Schnaps oder ein Glas Likör.
A. 1 bis 2 Getränke.
B. Mehr als 2 Getränke.

Auch hier kenne ich niemanden, auf den A zutreffen würde. Also B. Oder ich hoffe, ich kenne niemanden.

Dritte Frage: Wie oft haben Sie in den vergangenen 30 Tagen 4 (gilt für Frauen) / 5 (gilt für Männer) oder mehr alkoholische Getränke bei einer Gelegenheit getrunken (z.B. bei einem Kneipenbesuch, einer Feier oder beim Zusammensein mit Freunden oder beim Fernsehabend zu Hause)?
A. Seltener als einmal oder nie.
B. Mindestens einmal oder öfter.
Lieber Test, bist du für Asketen gemacht worden? Antwort: B. Außerdem finde ich es etwas sexistisch, dass du hier zwischen Männern und Frauen unterscheidest, ich jedenfalls habe mich dafür entschieden, die Männer-Regelung für mich gelten zu lassen.

Vierte Frage: Haben Sie in den letzten 12 Monaten erlebt, dass Sie nicht mehr mit dem Trinken aufhören konnten, nachdem Sie einmal begonnen hatten?
A. Ja.
B. Nein.
12 Monate sind eine wirklich lange Zeit, könntest du mich nicht nach den letzten 12 Tagen fragen, dann hätte ich vielleicht eine Chance. A.

Fünfte Frage: Ist es in den letzten 12 Monaten passiert, dass Sie wegen des Trinkens Erwartungen, die man normalerweise an Sie hat, nicht mehr erfüllen konnten?
A. Ja.

B. Nein.
Ich würde sagen: B. Und ich glaube wirklich, dass das eine ehrliche Antwort ist. Das ist gut, oder? Also für meinen Highscore (und mein Karma). Ich bin halt ein sehr zuverlässiger Mensch, der auch beim Trinken noch standhaft bleibt. Ein gekonnter Trinker halt.

Sechste Frage: Kam es in den letzten 12 Monaten vor, dass Sie am Morgen ein alkoholisches Getränk brauchten, um sich nach einem Abend mit viel Alkoholgenuss wieder fit zu fühlen?
A. Ja.
B. Nein.
Ha! Wieder ein Pluspunkt, dank meiner wunderbaren Sonnenuntergangsregel. B. Nein.

Siebente Frage: Hatten Sie während der letzten 12 Monate wegen Ihrer Trinkgewohnheiten Schuldgefühle oder Gewissensbisse?
A. Ja.
B. Nein.
Da muss ich kurz nachdenken und in mich hineinfühlen. Nach längerer Überlegung würde ich sagen: Nein. Wenn ich trinke, stehe ich dazu, mehr sogar: Ich feiere es. Oh Mann, ich hasse Leute, die Sachen »feiern«, Leute, die diesen Ausdruck verwenden. Keine Schuldgefühle. Wieder ein Pluspunkt, oder?

Achte Frage: Kam es während der letzten 12 Monate vor, dass Sie sich nicht mehr an den vorangegangenen Abend erinnern konnten, weil Sie getrunken hatten?

A. Ja.
B. Nein.
Also in den letzten 12 Monaten kam das bestimmt vor, ich kann mich nur nicht daran erinnern.

Neunte Frage: Hat in den letzten 12 Monaten ein Verwandter, Freund oder auch ein Arzt schon einmal Bedenken wegen Ihres Trinkverhaltens geäußert oder vorgeschlagen, dass Sie Ihren Alkoholkonsum einschränken?
A. Ja.
B. Nein.
Lieber Test, meine Verwandten, Freunde UND FREUNDINNEN und ÄRZT:INNEN trinken mindestens genauso viel wie ich. Außerdem sehe ich, wenn ich trinke oder einen Kater habe, noch immer so umwerfend aus, dass die meisten neidisch sind auf mich. Also B: Nein.

Zehnte Frage (jetzt reicht es aber auch langsam, das Spiel wird langweilig): Haben Sie während der letzten 12 Monate sich oder eine andere Person unter Alkoholeinfluss verletzt?
A. Ja.
B. Nein.
B, wenn das nur körperlich gemeint ist.

Elfte Frage: Ist es im letzten Jahr vorgekommen, dass Sie Auto gefahren sind, obwohl Sie (zu viel) Alkohol getrunken hatten?
A. Ja.

B. Nein.
Oh, wieder ein Pluspunkt: B. Nein. Endlich zahlt es sich aus, dass ich keinen Führerschein habe.

Zwölfte Frage: Trinken Sie (und Ihre Kollegen bzw. Kolleginnen) häufig während der Arbeitszeit oder in den Pausen Alkohol.
A. Ja.
B. Nein.
Lieber Test, du hast vergessen, am Ende deines Satzes ein Fragezeichen zu machen, damit bleibt der Satz eine Aussage. Und wenn es schon eine Aussage statt einer Frage ist, nehme ich auch gleich A. Weiter bitte.

Letzte Frage (oje schon?, gerade hat es begonnen, mir wieder Spaß zu machen): Trinken Sie Alkohol, obwohl Sie Medikamente einnehmen, die nach ärztlicher Anweisung/Beipackzettel nicht mit Alkohol verträglich sind?
A. Ja.
B. Nein.

Nicht, dass ich wüsste. Darf man Ibu mit Alkohol nehmen? Ansonsten B. Nein.

Oh, es lädt, ich bin schon ganz aufgeregt.

Mindestens eine Ihrer Angaben im Test lässt vermuten, dass Alkohol in Ihrem Leben bereits einen überaus hohen Stellenwert hat. Vielleicht ahnen Sie das seit geraumer Zeit und hatten nun den Mut, für Sie vielleicht unangenehme Fragen ehrlich zu beantworten. Zögern Sie nicht, Ihr persönliches Risiko einer Alkoholabhängigkeit zu klären. Fachlicher Rat und professionelle Unterstützung können Ihnen hierbei eine große Hilfe sein.

Das ist die enttäuschendste und langweiligste Antwort, die ich mir vorstellen kann. Kein Highscore, keine Prozente, kein Lob, dass ich auch ein paar Fragen richtig beantwortet habe. Ich hätte mir eher so eine Profilzuweisung gewünscht: »Glückwunsch! Sie sind der Alkohol-Typ Liza Minelli! Sie trinken zwar oft gerne ein Gläschen, sind aber dennoch *fabulous* und *classy* – achten Sie nur darauf, dass Sie die Schönheitsoperationen nicht zu hart feiern.« Aber diese Antwort hier ist echt so vage und nichtssagend. Na ja, immerhin musst du dir keine Sorgen um mich machen; die Antwort hätte schlimmer ausfallen können.

*

Habe mich eben an meiner Pizza verbrannt. Erneut ein Beweis, dass einen die Dinge, die man liebt, verletzen.

*

Um wirklich sicher zu sein über diese Sache, die ich dir da letztens geschickt habe, habe ich heute mit meiner (neuen) Therapeutin darüber gesprochen. Sie meinte, ich müsste nicht komplett mit dem Alkohol aufhören, das wäre sogar kontraproduktiv, weil das wieder ein zu hoch gestecktes Ziel wäre. Sie meinte aber, ein Ziel könnte sein, an vier Tagen in der Woche nichts zu trinken und an dreien schon. Das klang für mich nach einem guten Kompromiss (wie sehr ich das Wort »Kompromiss« hasse), der realistisch und schaffbar ist. Ich möchte das sozusagen im praktischen Selbsttest ausprobieren. Heute beginnt die Woche und da mein Tag (inkl. Therapie) heute so stressig war, beginne ich mit einem der drei Tage. Prost.

Und: Mach dir wirklich keine Sorgen um mich. Auch wenn ich gerade viel trinke und rauche und manchmal weine oder auch oft weine. Ich spüre, dass es langsam wieder bergauf geht. Meine neue Therapeutin verspricht mehr als die letzte, sie hat rot gefärbte, voluminöse Haare, dünne, lange Beine, einen dicken Bauch und hohe Schuhe, die Frau kann was, das sehe ich. Ich brauche nur etwas Zeit, bis ich den Schmerz überwunden habe. Wir sind einfach noch so frisch getrennt. Aber ich vergehe nicht im Schmerz. Ich treffe Freunde, gestalte meine Wohnung, gehe zur Therapie – und auf eine gewisse Art ist es auch wie eine Therapie für mich, dir zu schreiben. Wie schrecklich, der Täter wird zum Therapeuten. Hab ich dich eben als Täter bezeichnet? Ich erwarte mir nach wie vor keine Antwort von dir, ich möchte sogar keine Antwort (bitte schick mir einfach keine Antwort, wie sehr du es auch möchtest), aber dass ich die zwei blauen Häkchen sehe und damit in dem Wissen bin, dass du mich nicht einfach nur wegdrückst, sondern das hier auch alles liest und noch immer Interesse an mir zeigst, das tut gut. Es tut mir leid, wenn ich manchmal wütend, weinerlich, verzweifelt, zynisch klinge. Du hilfst mir gerade sehr damit. Denn obwohl wir uns getrennt haben, liebe ich dich noch immer, und ich weiß nicht, ob es irgendwann eine Zeit geben wird, in der ich dich nicht mehr liebe. Du würdest jetzt bestimmt sagen: Nein, die wird nie kommen. Wir werden uns auch noch in 30 Jahren lieben. Aber dass unsere Beziehung nicht funktioniert hat, ist offensichtlich. Und das gehört dazu, zu so einem Leben. Ich fange an zu labern, das haben wir ja schon alles besprochen. Um es kurz zu machen: Danke dir – ehrlich.

Ich kann dir, falls es dich interessiert, sogar sagen, warum ich derzeit so viel trinke: Ich habe Angst. Das ist aber keine gewöhnliche geistige oder psychische Angst: Ich habe Angst vor der Zukunft, Angst, nicht geliebt zu werden. Nein. Das ist eine rein körperliche Angst. Und das Kuriose ist, dass sie jeden Tag um dieselbe Zeit kommt, immer um 17:00 Uhr. Dann fange ich an, zu zittern und zu schwitzen und werde ganz unruhig, laufe um den Block und warte nur darauf, dass die Sonne untergeht, damit ich endlich trinken kann. Mit jedem Schluck schwindet dieses körperliche Angstgefühl. Ich weiß, dass das nur eine Übergangslösung ist, bis ich mit meinen Ängsten klarkomme, sie überwinde, aber dazu muss ich sie noch besser kennenlernen. Dabei hilft mir die Therapeutin. Ich hatte schon so viele Krisen und Schmerzen in meinem Leben, aber Angst, das ist etwas Neues für mich. Ich hatte noch nie

Probleme mit Angst. Weder vor der Zukunft noch vor dem Fallschirmsprung noch davor, nicht geliebt zu werden, noch davor, nicht erfolgreich zu sein. Ich bin ein wenig überfordert mit diesem neuen Problem. Es ist aber auch erleichternd, dass meine Krise nicht unbedingt nur mit dir zu tun hat. Die Trennung mag vielleicht der Auslöser für meine Angst gewesen sein, aber gefüttert wird sie von etwas ganz anderem, da bin ich mir sicher. Du bist also nicht schuld an meinem derzeitigen Zustand, zumindest denke ich das. DU BIST NICHT SCHULD AN MIR.

*

Meine gelbe Wand ist so fucking hässlich. Ich habe noch nie eine Wand gestrichen und wusste nicht, dass man da was falsch machen kann. Ich weiß auch jetzt nicht so genau, was ich falsch gemacht habe, aber es sieht wirklich miserabel aus. Ich habe allerdings noch einen halben Eimer, ich streiche jetzt einfach so oft drüber, bis ich mir einreden kann, dass es richtig, richtig gut aussieht und dass das Ganze eine verdammt gute Entscheidung war.

Entschuldige, dass ich schon wieder so viel plappere – was für ein lustiges Wort: plappern –, aber: Ich habe jetzt eine Badewanne! Also in der neuen Wohnung. So sehr ich unsere alte Wohnung geliebt habe, eine Badewanne hat da wirklich gefehlt. Wenn ich mich da so reinlege, tauche ich manchmal unter und versuche mich selbst zu umarmen. Okay, das klang in meinen Gedanken nicht so pathetisch wie geschrieben.

Irgendwie fühle ich mich da sicher, in diesem warmen Wasser, das aus dem Sud meiner untertags hergestellten Säfte, meines Gestanks und Drecks besteht. Okay, das klingt nicht weniger pathetisch. Wie auch immer, ich bade jetzt fast jeden Tag! Was für mich wirklich viel ist, du weißt ja, was ich von Körperhygiene halte. Meine Mama sagt immer, dass ich stinke. Jedes Mal, wenn sie mich sieht, sagt sie das, auch wenn ich frisch geduscht bin. Findest du das eigentlich auch? Dass ich stinke?

Nenn mich kitschig und esoterisch, aber ich habe mir das richtig schön eingerichtet, das muss man auch zelebrieren, wenn man plötzlich die Gelegenheit hat: Ich habe Badekugeln und so ein komisches Badesalz und ein paar Kerzen und einen Aschenbecher und manchmal Sekt, JA, SEKT, OBWOHL ICH GAR KEINEN SEKT MAG! Aber irgendwie gehört Sekt zum Zelebrieren dazu, glaube ich. Zumindest sieht man das immer auf den Bildern von den Leuten in der Badewanne, die so einen fucking glücklichen Gesichtsausdruck haben. Und ich bin jetzt eine von diesen Katalog-Bilderbuch-Sekt-trinkenden-Badewanne-Fratzen. AND I LOVE IT!

Nachtrag: Ich habe eben Erika angerufen und sie gefragt, ob sie findet, dass ich stinke. Sie war etwas verblüfft, hat es dann aber geleugnet. Ich vertraue nicht mehr vielen Menschen auf der Welt, aber wenn Erika zu mir sagt, dass ich nicht stinke, DANN VERTRAUE ICH IHR. ICH STINKE NICHT!

Ich habe mit meiner Therapeutin beschlossen, mich von den kleinen Steinen, die das Leben mir und allen anderen so in den Weg legt (und da werden immer wieder welche kommen), nicht mehr unterkriegen zu lassen. Mir so ein kleines, feines Fell zuzulegen, einen kleinen Pelzmantel, in dem ich aussehe wie eine Königin. Oder wie Patrick Wolf. Anmutig, stark. Ich möchte nicht mehr wie ein pubertierendes Mädchen mit Borderline-Syndrom sein. Los, liebes Leben, leg mir Steine in den Weg, ich werde eleganter denn je über sie stolpern. Und in den Fettnäpfchen werde ich baden ohne Ende – denn ich liebe es jetzt zu baden.

*

Du wirst es vielleicht nicht glauben, aber es wurde mir tatsächlich schon das eine oder andere Mal gesagt, dass ich eine anstrengende Person sei (auch sehr liebevoll wurde dieses Wort verwendet, ehrlich). Ja, so ist es. Ich bin vielleicht eine anstrengende Person. Zum Beispiel hat Julia das mal gesagt, nachdem ich acht Tage bei ihr gewohnt habe. Vielleicht liegt die Schuld ja auch bei mir, falls sich die Schuldfrage überhaupt stellt (Schuld ist ja auch nur ein katholisches oder kapitalistisches Prinzip), oder bei meinen Eltern, die mir mit ihrer ultra-alternativen Erziehung eben Gewohnheiten beigebracht haben, die nicht unbedingt kompatibel mit dem Mainstream sind. Es gibt kein Eigentum, haben sie immer gesagt, und zu Weihnachten kommt der heilige Karl Marx und so weiter. Und ich kann bis heute nicht verstehen, wie man beim Zusammenleben eigene Kühlschrankfächer haben kann und in allen fünf Fächern liegen Tomaten. Und vielleicht räume ich meinen Teller nicht sofort in den Geschirrspüler, aber auf jeden Fall immer, bevor etwas zu schimmeln beginnt, denn Schimmel kann ich nicht ertragen, davor ekelt mir. Und vielleicht habe ich während der acht Tage bei Julia hin und wieder Leute eingeladen, ohne vorher »um Erlaubnis zu fragen«, welche Erlaubnis sollte ich da erfragen? Ich bin halt ein sehr soziales Wesen. Und auch, dass mein Tagesrhythmus nicht unbedingt übereinstimmt mit dem, was als üblicher Alltag bezeichnet wird, aber ich weiß gar nicht, was Julia daran hätte stören sollen, dass ich schlafen ging, wenn sie aufstand, das greift doch gar nicht in ihre Lebensrealität ein. Na ja, ich glaube aber, diese »anstrengende« Seite macht mich zu diesem überaus und unglaublich liebevollen Menschen, der ich eben auch bin, denkst du nicht?

Du fehlst mir.

Sorry, das hätte ich nicht schreiben sollen.

Ich wollte nur ehrlich sein. Und es ist halt die Wahrheit: Ich vermisse dich.

Sorry.

Ich möchte immer ehrlich sein, ich kann nicht anders, ich muss einfach immer die Wahrheit sagen und das tue ich auch.

Okay, stopp. Es reicht. Mich nervt sie ja selbst auch schon: meine Sprache. Diese meine Sprache ist vielleicht gar nicht für WhatsApp geeignet, aber ich kann das nicht, diesen flapsigen kleingeschriebenen Chat-Sprech, du bist da viel sicherer, was ist das für eine Sprache. Ich bin im Großen und Ganzen überhaupt genervt von mir, nicht nur von meiner Sprache, auch von meinen Gedanken und Gefühlen. Ich kann mir derzeit tatsächlich bessere Zeitgenoss:innen als mich selbst vorstellen, was ich wirklich nicht oft über mich sage, denn eigentlich bin ich ja der Kracher auf jeder Party. Dieses verzweifelte Lamentieren, das Rumgeheule: eklig. Wie abhängig habe ich mich in dieser unendlich scheinenden Zeit eigentlich von dir gemacht? Uaah, ich habe da keine Lust mehr darauf. Es reicht jetzt mit Heulen. Ende. Finale. Bussi, baba.

Das hier ist ein Manifest. Oder es soll eines werden: SCHLUSS MIT DEM HEULEN. Das ist der Titel. Und hier der Text dazu: SCHLUSS MIT DEN PERMANENTEN ENTSCHULDIGUNGEN. Die Eier über die Schulter werfen und weitergehen und mich nicht mehr von jedem Scheiß unterkriegen lassen. Nicht mehr die ganze Zeit Avril Lavigne hören, sondern: SYSTEM OF A DOWN! Nicht mehr meine Freunde und Freundinnen anrufen und stundenlang von dir sprechen, sondern anrufen und von mir sprechen. Nicht mehr bei jedem Bissen Apfel, den ich nehme, in irgendwelchen Erinnerungen an dich vergehen. Neue Erinnerungen schaffen. Los geht's! IT'S TIME FOR A VICTORY! Es ist Schluss damit, mit Witzen über meinen Alkoholkonsum Aufmerksamkeit zu erhaschen, denn Aufmerksamkeit bekomme ich genug: Schau mich an, wie ich aussehe! Nicht mehr im Leid suhlen, gar nicht mehr suhlen, sondern tanzen. Nicht mehr um Hilfe flehen. Ich bin groß und stark und kämpfe. Und zwar nicht mehr um dich. FEEL THE RAIN ON YOUR SKIN, NOONE ELSE CAN FEEL IT FOR YOU. Ich bin kein 13-jähriger Junge, der Emogedichte schreibt. Zumindest habe ich keine Lust mehr, das zu tun. Und um ehrlich zu sein, waren meine Gedichtversuche so miserabel, dass ich mich gar nicht getraut habe, sie dir zu schicken. Ha! Siehst du! Ich schicke dir gar nicht jeden einzelnen meiner Gedanken. Okay, das soll ein Manifest werden. WE MET WITH A GOODBYE KISS. Und wenn ich fremde Menschen küsse (denn ja, glaub mir, das tue ich), werde ich nie wieder an deine weichen Lippen denken, sondern an die Lippen, die ich gerade küsse. Oder an die Lippen von Macaulay Culkin. Aber bestimmt nicht an deine. Und wenn meine Freunde und Freundinnen sagen, ich kann mit dir nicht befreundet bleiben, dann relativiere und verteidige ich dich nicht mehr, sondern sage: DAS STIMMT! ICH HABE GENUG FREUNDE! Und wenn ich Freunde oder Freundinnen von dir treffe, dann werde ich nicht wegschauen, sondern zu denen hingehen und ihnen ins Gesicht SCHREIEN: NAAAA, WIE GEHT'S? Und sie dann schubsen oder weglaufen und dabei in mein Fäustchen kichern. Und: Ich werde mich nicht mehr bei dir dafür entschuldigen, dass ich mit Erika befreundet bin, mit dieser wunderbaren Frau! ICH WERDE MICH DEM LEBEN HINGEBEN UND TROTZDEM ZAHNSEIDE VERWENDEN. ICH WERDE ZAHNSEIDE VERWENDEN UND MICH DENNOCH DEM LEBEN HINGEBEN. Ich höre auf, alles in Kleinbuchstaben zu schreiben, und verwende CAPSLOCK, BIS DIE CAPSLOCK-TASTE AUS MEINEM COMPUTER RAUSEXPLODIERT! Und ich scheue mich nicht davor, Rufzeichen am Ende jedes Satzes zu setzen! Und. Ich werde nicht aufhören, dich mit jeder belanglosen Kleinigkeit, die in meinem Leben passiert, zu beglücken, solange ich nicht ein ernsthaftes Lebenszeichen von dir erhalten habe, ein TUT MIR LEID, ein SCHEISSE, WIE ES GELAUFEN IST, ein ES TUT MIR LEID, DASS DU LEIDEST, ICH LEIDE AUCH, oder irgendein Wort. Ich werde dir von meinen Liebschaften schreiben und davon, welche Farbe mein Stuhlgang hat. Ich werde dir schreiben, wenn ich mir mal wieder die Pulsadern aufschneiden möchte, es aber nicht tue, weil Avril aus vollem Halse KEEP HOLDING ON in mein Ohr kreischt (denn singen kann sie wirklich nicht, die Gute). Ich werde dir schreiben, wenn mein Pancake anbrennt und ich deswegen zu heulen anfange, oder wenn ich vier Stunden lang bekifft BOB'S BURGERS schaue und vor Lachen Bauchschmerzen bekomme. Mach dich auf etwas gefasst, Darling: ICH. BIN. ZURÜCK. (Größer und süßer und classyer und stolzer (wie sehr ich dieses Wort hasse: Stolz! Was heißt denn das? Igitt: stolz), stolzer, sexyer und fabulouser denn je!) Gute Nacht.

Oder: SCHLECHTE NACHT!

Ist mir nämlich jetzt egal, ob du eine gute Nacht hast!

Träum von meinem traumhaften Körper. Peace out.

*

Ich gehe heute aus. Ich bin bereit, neue Menschen in mein Leben zu lassen. Ich habe mich eben richtig schön gemacht, ganz edel angezogen, sogar zehn Situps und zehn Liegestütze gemacht, um meinen Körper ein bisschen zu formen – und jetzt höre ich Linkin Park (ja, Linkin Park, warum auch immer), so laut, dass ich enttäuscht wäre, wenn die Nachbarn nicht runterkommen. Und wenn sie kommen, schenke ich ihnen ein Glas ein und sage: Überraschung, ich wohne jetzt hier, stoßt an mit mir auf mein Leben, ich gehe jetzt wieder aus und möchte Menschen kennenlernen. Es ist wirklich so: Ich habe mich jetzt lange genug vergraben, die Welt soll wieder mein wunderschönes Gesicht sehen dürfen. Ich möchte Menschen kennenlernen, dicke und dünne, kluge und dumme, vielleicht sogar einen Nazi, um mit ihm zu streiten und mich vielleicht sogar zu prügeln oder/und danach zu kuscheln. Ich möchte knutschen und flirten und ganz, ganz vielleicht sogar ficken, aber erst mal einfach nur raus aus meiner kleinen Eineinhalb-Zimmer-Wohnung und Leute kennenlernen. I am ready, let's go.

Du kannst dir gar nicht vorstellen, wie heiß ich heute aussehe. Frisch geduscht und nach ca. zwei Wochen mal wieder Haare gewaschen und frisiert. Ganz in schwarz gekleidet (edel, schick und classy – wie ich nun mal bin). Linkin Park motiviert mich zu einer positiven Aggressivität, oder lass es mich eher Angriffslust nennen, gibt es die Band eigentlich noch? Menschen, macht euch gefasst: ICH VERLASSE HEUTE DIE WOH-

NUNG! Und heute lasse ich keinen Stein unumgedreht. Heute lasse ich fünfe *nicht* gerade sein!

Mir ist gerade etwas unglaublich Lustiges passiert. Du kennst es ja, dass man den Saft oder die Milch schüttelt, bevor man sie öffnet. Gedankenverloren habe ich das eben mit meinem Rotwein gemacht. Haha. Ich habe zehn Minuten nicht aufhören können zu lachen. Das Ding war: Ich habe den Korken davor nicht reingesteckt.

Zu der Sache mit dem Rotwein: Ich habe eben begonnen, alle Entscheidungen in meinem Leben zu überdenken.

Nachtrag: Ich habe eben beschlossen, keine Entscheidungen mehr in meinem Leben zu treffen.

Btw, ich gehe alleine. Nicht, weil es keine Freunde gäbe, die mich begleiten wollten (denn davon gäbe es genug), sondern weil ich mich viel sicherer in Clubs fühle, wenn ich alleine bin. Das hast du nie ganz verstanden und ich werde es dir auch jetzt bestimmt nicht ausreichend erklären können. Aber wenn ich da an der Bar sitze und an meinem Bier nuckle, dann dauert es wirklich nie lange, bis ich angesprochen werde: Oh, ganz alleine hier? Oder schlimmer: Du hast aber schönes Haar. Und dann kann ich es mir nicht nehmen lassen und muss eine sassy Antwort geben. Der beste

Flirt ist Krieg. Meistens beleidige ich die Leute sehr liebevoll, und umso schöner der Mensch, desto größer die Beleidigung. Aber ich verpacke sie immer süß. Dieses eine Mal sagte ich: »Deine schiefe und eigenartige Zahnstellung finde ich unglaublich attraktiv.« Und bekam als Antwort ein aus der Form geratenes, verwirrtes Gesicht, das nicht wusste, ob das eine Beleidigung oder eine Anmache war. (Mein Geheimnis: Es war beides.)

Do you know what is funny? That restroom in english is called *restroom*. That per se is not funny. But sometimes – I don't know whether I told you – when I'm at a club or so, I go to the restroom to rest. I lock myself in (mostly the one at the end of the corridor if there is one) and I lie down on the floor and take a five-minute-break (as I do right now) of all the nice and beautiful people around me and the loud, intense music. And I just lie there and do nothing and just rest. Even if my clothes get dirty. And after the break I go back on the dance floor and dance, als ob es kein Morgen mehr gäbe.

Okay, der Club war scheiße, eigentlich wissen wir ja beide, dass ich Clubs hasse, und tanzen macht Spaß, aber im Club tanzt man immer nur für die anderen, nie für sich. Wie auch immer, der Club war scheiße, ich hasse Clubs, und jetzt sitze ich im Uber und fahre in eine Herrensauna. Ich war da noch nicht, aber ich stelle es mir gerade einfach so schön vor, nackt und betrunken in der Hitze zu sein und vielleicht den einen oder anderen Po zu sehen. Wenn etwas Interessantes passiert, lasse ich dich das wissen, keine Sorge (na ja, auch wenn es nicht interessant ist, wissen wir eh beide).

Ich habe mit einem Mann geschlafen. Ja, das habe ich heute. Mit einem Mann geschlafen. Ich habe mit einem Mann geschlafen.

Er hatte kein schönes Gesicht, oder kein Gesicht, das ich als schön einstufen würde, was mich normalerweise sofort abblocken ließe, aber dieses Gesicht hat nicht gestört, während seine Zunge mein Poloch gekitzelt hat, in diesem Moment brauchte ich gar kein Gesicht mehr, es war so, als hätte dieser Mann gar kein Gesicht, nur Gliedmaßen, die aus dem Körper ragten, mit dem einzigen Sinn und Zweck, meinem Körper Lust zu bereiten. Ich würde sagen, dass er sich Mühe gegeben hat, genau das zu Wege zu bringen, aber das klingt schon wieder abwertend, es wirkte eher so, als hätte er sich überhaupt keine Mühe gegeben und gerade dadurch die größte Wirkung hervorgebracht. Wir sahen uns an und in dem Moment, in dem ich noch zögerte, hatte er schon seine meterlangen Arme um mich gelegt und mich an seine kilometerbreiten Schultern gedrückt. Ich wollte mich nicht wehren, es schien mir in dem Moment gar nicht wichtig, was ich denke oder möchte. Ich wusste nicht, was ich wollte. Und auf diesem Fußballfeld von Schultern schien es einen Augenblick so, als wäre es gut, nicht zu wissen, was ich will.

Ich sage ER, denn ich weiß seinen Namen nicht, das war nicht wichtig, Alter, Herkunft, Job spielten keine Rolle mehr bei seinem Brust- und meinem Schamhaar. Ich habe deine Achselhaare immer so geliebt. Die Haare erzählten unsere Geschichten, nicht die ausgesprochenen Fakten, die uns helfen, einander einzuordnen. Man kann mutmaßen, ich könnte schätzen: sein Milieu, seine Herkunft, seinen Job. Aber wozu? Wenn Brust- und Schamhaar schon alles erzählen, was erzählt werden muss. Die Berührungen hatten eine Selbstverständlichkeit, als hätten wir nie andere berührt, als würden wir uns ewig kennen, als seien wir Brüder.

Und plötzlich - als sich die ganze Geschichte Richtung Ende neigte - dachte ich an eine: Vagina. Nein, es war keine Vagina, es war eine: Vulva. Ich dachte an alle Einzelheiten, ich behalf mir mit den Erinnerungen an die wenigen Begegnungen, die ich mit Vulvas hatte in meinem Leben, aber doch - und mit dem Internet. Aber auch mit meiner Fantasie. Diese Vulva hatte sehr große Schamlippen, sie waren asymmetrisch, aus der Vagina stehend. Auch die Klitoris hatte eine beachtliche Größe. Versteh mich nicht falsch, das war keine sexuelle, erotische Fantasie, während ich diesen Orgasmus hatte. Ich hatte einen laut-schreienden Orgasmus und dachte gleichzeitig an die Schönheit des weiblichen Geschlechtsorgans - nein, ich erkannte sie zum ersten Mal: die Schönheit des weiblichen Geschlechtsorgans. Seine Komplexität. Ich will nicht mit einer Frau schlafen. Oder vielleicht will ich das sogar irgendwann, es würde mich nicht stören, sollte es zufällig passieren. Aber die Schönheit dieses Bildes werde ich nicht so schnell vergessen. Ich habe einen 20 cm langen Schwanz im Arsch, denke an eine wunderschöne, asymmetrische Vulva und komme, wie ich bei dir nur selten gekommen bin.

Dann war alles vorbei. Ein Moment der größten Erfüllung und plötzlich saß ich neben meinem Spind, der Mann war in sein Handtuch gewickelt und ich heulte. Ich heulte aber nicht wegen dieses wunderbaren Mannes oder wegen dir. Ich heulte, weil ich all die Jahre die Vulva falsch betrachtet hatte. Und in mir hat sich der Schalter umgelegt in dieser Nacht, ich habe nun sämtliche Artikel gelesen, alle Bilder im Internet angesehen, meinen Biologie-Unterricht nachgeholt – alles in einer Nacht. Darf ich sagen, dass ich die Vulva unendlich schön finde, ohne mich spezifisch von ihr angezogen zu fühlen?

(Alleine ausgehen und alleine heimkommen: you win some, you lose some.)

Wurst. Ich höre *In the end* von Linkin Park. https://www.youtube.com/watch?v=eVTXPUF4Oz4

*

Ich habe eben für fast 100 Euro Lebensmittel gekauft. Sehr viel Gemüse, Vollkornprodukte, Nüsse, so gesunden Quatsch halt. Mir fällt es gerade sehr schwer zu essen (außer wenn ich betrunken bin und Pizza bestelle, die ich nicht allzu oft in mir behalte), und meine Therapeutin meinte, ich sollte mir Kochen und Essen wieder zu einer Freude machen. Meine Küche ist zwar sehr klein und mit zwei kleinen Herdplatten und einem kleinen Backofen, der derzeit noch am Boden stehen muss, macht es nicht so unglaublich viel Spaß zu kochen, aber ich möchte mir Mühe geben. Heute koche ich ein Gemüsecurry mit Couscous. Zucchini, Pilze, Karotten. Das wird super. Und sogar Salat mache ich, obwohl ich, wie du weißt, sehr unbegabt darin bin, ein gutes Dressing zu machen. Das mit dem Dressing muss einem, glaube ich, im Blut liegen. Ich mache es eigentlich so wie du (Öl, Essig, Zitrone, Honig oder Marmelade, Senf, Gewürze), aber es schmeckt einfach nicht so gut wie dein Dressing. Aber hey, ich lerne es. Das ist das Schöne am Alleine-Sein und Alleine-Wohnen: Alles wird zu einer neuen Aufgabe, zu einem kleinen, neuen Abenteuer. Sogar Dressing für den Salat zu machen wird zum Abenteuer. Ich fange jetzt an und schreibe dir gleich eine Rezension meiner eigenen Küche – ganz unvoreingenommen.

Ich habe vergessen, Zwiebeln zu kaufen. Scheiße. Ohne Zwiebeln kann man nicht kochen. Zwiebeln sind der Kern unserer Existenz, finde ich. Also entweder hole ich schnell noch Zwiebeln oder ich verschiebe das gesamte Abenteuer auf morgen und bestelle mir eine Pizza.

Habe eine Gemüsepizza bestellt, das ist ein Kompromiss, weil es eigentlich megagesund ist - aber doch eine Pizza.

Die Pizza ist da und ich schaue mir auf YouTube Videos von Models an, die am Laufweg stolpern. Gibt nichts Besseres auf der Welt, ich schwöre. Solltest du auch mal ausprobieren.

Alles ist ein großes Abenteuer, alles, und ich versuche, es ab jetzt so stark zu genießen wie möglich, und natürlich gibt es da auch Schmerz und Tränen (bestimmt auch bei den stolpernden Models). Aber ich will nichts von diesem Schmerz missen. Das gehört zu unserer unglaublich intensiven Geschichte. Wir sind ein Dostojewski-Roman in Gedichtlänge. Die Models gehen backstage und nach ihrem Sturz werden sie unfassbar stark heulen, weil sie ihre ganze Existenz hinterfragen werden.

*

Ich möchte heute mal von meinem Bestellritus abweichen und selbst Pizza backen. Im Rezept steht, ich soll den Teig eine Stunde lang gehen lassen. Aber aus Erfahrung weiß ich, dass die Dinge, die ich gehen lasse, nicht mehr zurückkommen. HAHAHA, ich bin einfach hilarious.

*

Ich muss dir etwas richtig Lustiges erzählen. Ich sitze mit einer Flasche Rotwein vor meiner Türe. Das an sich ist noch nicht lustig. Lustig ist aber, dass ich gar nicht reinkomme in meine Wohnung, weil ich meinen Schlüssel nicht mehr finde. Und auch beim Abgehen all meiner Wege habe ich ihn nicht mehr gefunden. Das ist doch sehr lustig, oder? LACH DOCH! DAS IST SEHR LUSTIG!

Weil ich mich von solchen Dingen jetzt nicht mehr unterkriegen lassen will, nehme ich es mit Humor. Also bin ich, bevor ich irgendetwas anderes gemacht habe, erst mal zu Fatih und habe mir eine Flasche Rotwein gekauft, mit der ich jetzt vor meiner Haustüre sitze. Ich habe Ohrstöpsel in den Ohren und höre 90er-Pop und Eminem, der mir unglaublich viel Mut gibt, sodass ich fast glaube, dass mir nichts mehr auf der Welt etwas anhaben kann. Ich werde jetzt eine Zigarette rauchen und dann überlegen, wie ich meine Türe aufbrechen kann. Die Türe in meine wundervolle, gelb gestrichene, neue, tolle, unvergleichliche, mit Badewanne ausgestattete Single-Wohnung.

Ich habe Julia und Patrick geschrieben, aber die sind beide (na klar!) über das Wochenende weggefahren. Und meinen anderen Freund:innen will ich nicht schreiben, auf die habe ich gerade keine Lust. Ich habe jetzt Hotels in der Umgebung gegoogelt und untersuche, welche davon eine Sauna haben. Ich mache aus Problemen keine Lösungen, sondern fabulöse Wunderbarkeiten!

Nur so, falls du vielleicht doch mal antworten willst, was würdest du denn in so einer Situation machen?

Also ich habe mir eben auf YouTube Tutorials angeschaut, wie man in eine (die eigene) Wohnung einbricht. Das war ziemlich lehrreich, und um ehrlich zu sein, sieht das gar nicht so schwer aus.

Habe die Türe nicht aufgekriegt. Meine Kreditkarte ist zerbrochen. Eminem macht mich wütend.

Ich versuche, das alles nicht so nah an mich ranzulassen. Solche Dinge passieren auch anderen Menschen ständig. Und eigentlich bin ich ja sonst ein sehr aufgeräumter, ordentlicher Mensch, ich habe (klopf auf Holz) fast noch nie etwas verloren. Das war jetzt mal an der Zeit. Ich habe beschlossen, dass ich in meine Wohnung möchte, und bei einem Schlüsseldienst angerufen, um zu fragen, wie teuer das sei. Die Frau meinte, sie könne das nicht so genau sagen, aber üblicherweise um die 200 Euro. Das leiste ich mir heute. Du kennst ja meinen Umgang mit Geld: Ich habe keinen. Wenn ich Geld habe, gebe ich es aus, wenn ich keines habe, gebe ich es auch aus. Oder eben nicht. 200 Euro habe ich sogar noch in meiner Wohnung liegen (wenn ich irgendwann in sie hineinkomme). Ich könnte für die 200 Euro natürlich auch in ein Hotel mit Sauna gehen, aber da ich ohnehin einen neuen Schlüssel brauche (da der alte wohl versucht hat, dich nachzumachen, und mich aus dem Nichts verlassen hat, haha), entscheide ich mich gleich für den Schlüsseldienst. Ich würde schon gerne in meinem eigenen Bett schlafen heute Nacht. Das klingt nach einer voll erwachsenen Lösung, oder? Ich setz mich jetzt runter zu Fatih und warte, bis die kommen. Prost.

Irgendwie lassen die auf sich warten. Der soll sich mal beeilen, bis der da ist, bin ich ja schon sternhagelvoll.

Uh, sie sind da, zwei große Männer, die aussehen, als würden sie jedem Schloss, das sich nicht öffnen lässt, die Meinung geigen. Mit ihrem Werkzeugkoffer sehen sie aus wie Ritter. Ich bin gerettet!

Ich muss dir schon wieder etwas Lustiges erzählen (mein Abend wird auch einfach nur lustiger und LUSTIGER!). Ich musste vor der Aktion wohl etwas unterschreiben (und Memo an mich selbst: Immer zuerst lesen, WAS man unterschreibt, bevor man etwas unterschreibt), in dem stand, dass sie erst nach der Montage des neuen Schlosses berechnen können, wie teuer das ganze Vergnügen wird. Nun ja, ich musste jetzt 800 Euro zahlen. YOLO! Was kostet die Welt.

Ich habe mich eh beschwert, dass die Frau das mit den 200 Euro gesagt hat, aber die meinten, 200 Euro wären nur die Kosten für den Umtausch ohne die Kosten für Schloss, neue Schlüssel, Nachtzuschlag usw. Alles, was in dem Vertrag stand, den ich unterschrieben habe.

Hab jetzt wenigstens ein neues Sicherheitsschloss, also falls du auf die Idee kommen solltest, bei mir einzubrechen, vergiss es, das Schloss kriegst du nie auf. Und Geld habe ich jetzt sowieso keines mehr, das du klauen könntest.

Und ein Problem habe ich weniger: Ich muss nicht mehr entscheiden, welchen Schreibtisch ich bei Ebay kaufen möchte, weil ich mir jetzt keinen von beiden leisten kann! Glück im Unglück, sag ich da immer.

Wusstest du, dass die Welt gar keine Kugel ist? Die haben uns ständig belogen! Habe das eben im Internet gefunden, google mal »Erdform«. Die Erde sieht überhaupt nicht wie ein Ball oder ein Ei aus, eher wie eine unförmige, schrumpelige Kartoffel. Das finde ich irgendwie beunruhigend, wenn ich mir vorstelle, dass wir nicht auf einem Ball, sondern auf einer Kartoffel durchs Weltall schlittern.

Ich sollte wohl langsam schlafen, die Sonne geht schon auf, aber ich bin gar nicht müüüüüüüde.

Ich habe mir eben etwas ausgedacht. In diesen ganzen Arztserien (*Grey's, ER, Scrubs, ...*) sagen die immer, warum sie Ärzt:innen geworden sind. Und dann kommt immer dieses: Ich möchte Menschen helfen. Und das ist eine riesige Lüge, die sich die Menschen die ganze Zeit erzählen, ein wunderbares Narrativ, das immer weitergegeben wird. Die machen das doch nicht aus karitativer Menschenliebe! Die machen das, weil sie geil auf Körper sind und interessiert daran, wie der Mensch funktioniert, und weil sie eine wunderbare, fast glamouröse Macht ausüben dürfen, aber wenn ihnen jemand wegstirbt, ist es ihnen gar nicht so wichtig. Und die FBI-Agent:innen in den Serien, die jagen doch die Serienmörder:innen nicht, um andere Menschen zu beschützen. Die wollen ballern. Punkt. Ich bin viel ehrlicher als die, weil ich einfach gar nichts mehr mache.

Ich habe keine Lust mehr, die Welt zu retten.

Die sollen das gefälligst alleine auf die Reihe kriegen.

Ich bin noch immer nicht müde.

Hast du schon mal diese 9/11-Verschwörungstheorien auf YouTube angesehen? Höchst spannend. In einer sagen sie, dass Michelle Obama ein Mann ist. Das gibt mir viel zum Nachdenken.

Ich höre gerade dieses schreckliche Lied von dieser One-Hit-Wonderband Sunrise Avenue: FAIRYTALE GONE BAD. Noch nie so fucking schlechte Lyrics gehört. Liebe den Song. Erzählt meine Lebensgeschichte. Kann mich super damit identifizieren. Möchte der

Band einen Fanbrief schreiben, den ich mit einem Wachssiegel verschließe und mit meinem Parfum einsprühe.

Out of my head. Out of my bed. Out of the dreams we had, THEY'RE BAD! Tell them it's me who made you sad. Tell them, the fairytale gone bad.

Reim von head auf bed auf had auf bad auf sad auf bad. Große Poesie!

Na ja, wenn man sich das Gesicht und den Haarschnitt des Leadsängers ansieht, versteht man, warum die Lyrics so sind, wie sie sind.

THERE ARE NO MORE RABBITS IN MY HAT TO MAKE THINGS RIGHT.

Soll ich dir ein Geheimnis verraten? Ich finde, es ist gerade der absolut richtige Zeitpunkt, um ein Geheimnis auszuplaudern. Und zwar: mein Kasten mit den Fotos und den Glitzersternen. Er ist so unglaublich hässlich und er stinkt nach Klebstoff. Ich dachte, es wäre das Einzige, das mir in letzter Zeit gelungen ist, aber ich habe mich da beinhart angelogen, ich bin so unbegabt im Basteln. Er sieht aus, als hätte David Bowie einen Schlaganfall gehabt und dann eine Basteltherapie begonnen.

Ich habe eben die Schranktüren aus dem Fenster geworfen. Ja, das habe ich gemacht. Sie sind nur ein bisschen kaputt geworden. Vielleicht freut sich jemand und packt sie ein. Diesen Menschen würde ich dann sehr intensiv meiden.

Ich brauche neue Möbel. Erstens mag ich meine alten nicht mehr und zweitens sind sie, glaube ich, nicht mehr so geeignet, um darauf zu sitzen, seit ich sie aus dem Fenster geworfen habe und sie in viele kleine Teile zersprungen sind.

Ich habe gerade etwas sehr, sehr Dummes gemacht. Du weißt doch, dass ich noch einen halben Eimer gelbe Farbe hatte. Im Nachhinein stelle ich fest, dass es keine kluge Entscheidung war, ihn aus dem Fenster zu werfen.

Ich habe Angst, dass die Polizei kommt, ich verstecke mich im Bett und tue so, als wäre ich nicht zu Hause.

TELL THEM THE FAIRYTALE GONE BAD!

Meine Wohnung ist auf einmal so groß. Na ja, groß nicht, aber größer. So ohne Möbel. Da stehen jetzt nur mehr drei Kisten, die ich noch immer nicht ausgepackt habe.

Ich habe einen Konflikt mit diesen drei Kisten, sie schauen mich so verächtlich an und verhöhnen mich: Du hast es nicht geschafft, uns auszupacken! Du hast unsere Kolleginnen ausgepackt, aber uns nicht! In der Zeit, seit du hier bist. Warum besitzt du uns dann überhaupt, wenn du die Dinge gar nicht benötigst?

Die Kisten hatten recht, ich habe sie eben auch aus dem Fenster geworfen.

Soll ich mich auch aus dem Fenster werfen?

Haha, sicherlich nicht! Ich werde mich nicht aus Liebe umbringen! Nie! Nein, nein, nein, allein schon aus politischen Gründen nicht! (Aus politischen Gründen würde ich einen Selbstmord in Erwägung ziehen, vielleicht. ABER NICHT AUS LIEBE!)

Das Schöne an Eheringen ist, dass man sie abnehmen kann, ich glaube, deswegen sind sie nicht an den Körper getackert. Damit sie abfallen können, ohne dass man sich den Finger abschneiden muss, wobei es gerade auch nicht so schlimm wäre, sich den Finger abzuschneiden. Ich würde ihn dir schenken, wozu brauche ich einen Ringfinger? Pfui, weg damit. Masturbieren kann ich auch ohne Ringfinger. Na ja, aber ich weiß, was du denkst, und du hast ja auch recht: Wir waren nie verheiratet.

Haben wir vielleicht etwas zu früh aufgegeben? Ich frage das ganz ehrlich und unemotional: Hätten wir nicht noch etwas kämpfen sollen für uns? Ich kämpfe gerne für Dinge, die mir wichtig sind. ICH KÄMPFE. Aufgeben tut man einen Brief. Es ging alles so schnell.

JA, ICH KÄMPFE. Das weißt du. Ich bin wie Christina aus *Grey's Anatomy.* Habe eben wieder die zweite Staffel gesehen und bin entsetzt, dass Shonda Rhimes dafür nicht den Pulitzer Preis bekommen hat. Man kann doch nicht ganz dumm sein, wenn man so ein geniales Kunstwerk schafft. Oder man muss megadumm sein. Ich bin nicht Meredith, ich heule nicht rum und halte meine Hand in den Torso eines Patienten, der eine Bombe in sich trägt. Ich bin hardcore, ich bin Christina. *I fight.*

Weißt du noch, als ich dich gefragt habe, ob ich dir den Pickel auf deiner Wange ausdrücken darf, und du gesagt hast: »Der ist noch nicht reif.« Das war das schönste Gespräch, das wir je hatten.

Die größte Pointe an diesem Debakel ist, dass ich keine 800 Euro für den Schlüsseldienst habe. Ich habe gelogen. Diese ganze Sache hat mich nicht kalt gelassen, ich *fighte* nicht, ich bin nicht Christina, nein, in Wahrheit ist das alles ganz anders. Diese Sache hat mir wieder gezeigt, wie lebensunfähig ich alleine bin. Wer zahlt denn bitte 800 Euro für einen Schlüsseldienst? Wie machen das denn all die anderen? Mit diesen

Kleinigkeiten im Leben umgehen? Ich kann über meine Missgeschicke lachen, aber irgendwann wirkt mein Lachen nur mehr zynisch auf mich. Ich möchte auch so stark sein wie Taylor Swift. Okay, nicht der beste Vergleich, aber wie machen die das denn? Ich habe unlängst im Supermarkt an der Kasse bemerkt, dass ich meine Geldbörse vergessen habe, und habe zu heulen begonnen. Wie ein kleines Kind! Oder all die glitzernden Gays, die ihre *Proudness* über alle Maßen genießen. Wieso kann ich nicht so sein? Gehirn ausknipsen, und die Emotionen vielleicht auch. Und den Rest auch. Und mich hingeben.

Ich bin ein tieftrauriger Mensch. Ich bin Michelle Obama, gefangen im Körper von Dennis Rodman, und kann mich nicht entscheiden, wie ich meine Haare färben soll.

Ich habe dieses unglaublich intensive Gefühl, etwas Radikales tun zu wollen – ganz egal was.

Als sich *Wir sind Helden* getrennt haben, das war doch traurig, das fandest du doch auch!

Ich habe mir eben ein Küchenmesser genommen (das einzig scharfe) und die Klinge in einer langen Geraden über meine Stirn gezogen. Damit all der Quatsch aus meinem Kopf herauskommen kann. Es ist ein anderes Gefühl als das Ritzen an den Armen oder an anderen

Körperstellen, das ich ja schon lange kenne. Das mit der Stirn ist etwas Neues. Der Schnitt sieht gut aus. Wie ein Fenster, durch das all die Schwere und Dunkelheit abziehen kann. Mein Kopf lüftet jetzt ein bisschen durch. Die Gardinen habe ich auch schon lange nicht mehr gewaschen.

Es macht mich so traurig, dass auch Stars älter werden. Schau dir bitte mal Fotos von Melissa Joan Heart und Alicia Silverstone an. Das macht einen so traurig. Und Melissa Joan Heart ist eine Republikanerin, meine Kindheit leidet gerade, dieses innere Kind, von dem immer alle sprechen. Avril muss doch jetzt auch schon mindestens 57 Jahre alt sein. Ich will, dass diese Nacht nie endet, dieser Tag, ich will nicht mehr schlafen, mein Glas soll nie leer werden, meine Zigarette nie ausgehen, ich möchte nicht morgen aufwachen und wieder mit dieser ekligen, kopfschmerzverursachenden Realität konfrontiert sein. BECAUSE THE NIGHT BELONGS TO LOVERS. Ich möchte nicht die Verantwortung für mein Handeln tragen, sondern einfach dir weiter schreiben, jeden Gedanken, und nicht mehr aufhören damit. ANCHOR THIS LOST SOUL.

Was muss in meinem Leben schiefgelaufen sein, dass ich mich so unsicher in meiner Haut fühle? Ist das überhaupt eine berechtigte Frage? Ich bin schon neidisch auf so Leute wie dich: Du bist so ein standfester Mensch, ganz unmetaphorisch. Du stehst einfach da, wenn du stehst. Und wenn du gehst, dann gehst du. Du hattest noch nie psychische Probleme, oder? Nein, hattest du bestimmt nicht. Du kommst klar mit jedem. Versteh mich nicht falsch, du wirkst gar nicht wie ein Mensch, der mit der ganzen Welt im Reinen ist, aber wenn dich jemand ärgert oder wütend macht, dann beschäftigt dich das nicht so lange. Wenn du abends ins Bett gehst, knipst du das Licht aus und schläfst einfach ein und am nächsten Tag wachst du morgens auf und steigst aus dem Bett. Das habe ich während unserer gesamten Beziehung nie verstanden, wie du das machst. Ich habe mich neben dir gewälzt, mich an dich gekuschelt, in die andere Ecke des Bettes gelegt, dich weggeschubst, mir Gedanken über den einen blöden Satz, den ich an diesem Tag gesagt habe, gemacht. Und du: Du hast geschlafen. Und wenn du am nächsten Tag aufgestanden bist, bist du neben dem Bett gestanden, mit diesem Superhelden-Stand, als würde ein Cape hinter dir wehen, und hast mich angesehen und mich gefragt: Kaffee? Und ich habe gegrunzt wie ein 700-kg-Mann, der am Vortag einen Kanister Wodka geext hat.

Als Meredith das mit der Bombe durchmacht, denkt sie die ganze Zeit, dass sie sich nicht an ihren letzten Kuss mit Derek erinnern kann. ERSTENS. Wie dumm ist das? Du stirbst vielleicht und denkst nur an deinen Ex-Freund. Erbärmlich. ZWEITENS. Wer erinnert sich bitte schön nicht an den letzten Kuss mit seinem Ex-Freund? Ich kann mich so gut an unseren letzten Kuss erinnern, an jedes Detail, den Geschmack, den Ort, die Bewegungen der Zungen. DRITTENS. In keinem Krankenhaus der Welt gibt es so schöne Ärzt:innen wie in *Grey's Anatomy*. Deswegen habe ich nicht Medizin studiert. VIERTENS. Ich würde gerne in *Grey's*

Anatomy leben. All das Drama, kein Mensch ist psychisch so labil wie die Menschen in Grey's und ich. Ich bin eine Figur aus der Feder von Shonda Rhimes. Nur dass ich nicht so gut aussehe und weniger Sex habe.

Wie pathetisch ist das hier eigentlich? Wie pathetisch bin ich geworden? Ich bin doch eigentlich eine starke, toughe Person, die immer einen Witz auf Lager hat. Es tut mir so leid, dass ich dich mit all meinen dunklen Gedanken belästige, mit meinen 800-Euro-Problemchen, meinem Linkin-Park-Leid. Werd erwachsen!

Ich höre The Killers: Mr. Brightside. https://youtu.be/gGdGFtwCNBE

Ich verstehe nicht, warum die Scheidung keine Zeremonie ist. Es gibt mehr Menschen, die sich scheiden als taufen lassen. Okay, keine Ahnung, ob das stimmt. Bei der Hochzeit zieht man sich hübsche Kleider an und trinkt teuren Alkohol und tanzt, warum macht man das denn nicht bei der Scheidung? Ich weiß, wir waren nie verheiratet. Meinen Abschiedstanz mit Erika hatte ich trotzdem. Vielleicht hätten wir beide den Schmerz leichter ertragen, wenn wir unsere Trennung gefeiert hätten. Uns noch einmal geküsst, ja vielleicht sogar noch einmal Sex gehabt hätten. Und am Ende unterschreibt man und tritt auf ein Glas oder was immer man sonst machen will.

In terms of the ›S‹-word, that does not enter my mind. And it never has done, in terms of an attempt. Because I am stronger than that. I might be a weak person, but I can take pain.

Weißt du was? Es reicht mir nicht, ein bisschen am Boden zu sein, bevor ich mich wieder aufrapple. Ich muss mich erst komplett zerstören, bevor ich mein Leben wieder in den Griff kriege. So wie. Wie der Phönix, der aus der Asche steigt. Der verbrennt auch komplett. Man nennt das Akzelerationsprozess. Warum sollte ich meinen Niedergang nicht forcieren? So wie die Linken, die die Nazis bestärkt haben, weil sie davon überzeugt waren, dass der Zweite Weltkrieg neue, bessere Strukturen hervorbringen würde. Ich werde mich vernichten, bis es genug ist. Und dann werde ich mein Leben in den Griff kriegen. Und aus der Asche aufsteigen.

Warum sollte das Leben nicht aus kompletter Selbstaufgabe bestehen? Sich aufgeben und leben. Mir geht es gut mit dem Trinken und der Destruktivität. Wenn ich trinke, geht es mir gut, ehrlich. Warum sollte ich nicht so leben dürfen? Nur weil es nicht die Norm ist. Ich habe mein Selbst aufgegeben, mir ist alles egal, wie ich aussehe, wen ich ficke oder wer mich fickt. Was ich esse. Ich lebe so dahin und es fühlt sich so richtig an wie noch nie. Ich nehme am Tag ein Kilo ab und sehe aus wie eine Leiche, aber was soll's? Und dann bekommt man Krebs vom Kettenrauchen und ich denke: Was soll's? Es ist ein Klischee, aber dennoch kann ich am Ende sagen: Ich habe gelebt. Mit allem, was ging. Und wenn ich mit 40 an Krebs sterbe, ist das eben so, *who cares*. Ich verstehe, und das meine ich ganz ernst, diesen Drang nicht, alt werden zu wollen. Sich abzusichern für die Zukunft, eine zusätzliche Rentenversicherung abzuschließen und all den Quatsch. Ich gebe mein Geld lieber aus. (Das ich jetzt nicht mehr habe.) *In terms of the ›S‹-word, that does not enter my mind. Just sometimes.*

ICH MÖCHTE ALLES WELTLICHE AUFGEBEN. Meine Mailadresse löschen, WhatsApp, Handynummer, Grindr, Gayromeo, Instagram, Snapchat, was habe ich noch?, Alles löschen. Und meine Identität komplett aufgeben, um ganz viele neue Identitäten zu finden und erfinden. Verstehst du, was ich meine? Ich bin mir sicher, du verstehst das nicht. Mir ist es egal, was ich mache. Was du machst, was irgendwer macht. Wenn mir irgendwer erzählt, dass irgendwer irgendwas irgendwann gemacht hat, denke ich mir nur, na und, I DON'T CARE (wie Judy Garland). Sollen die Leute machen, was sie machen wollen, und ficken, was sie ficken wollen, vor allem die schönen, dünnen, muskulösen Menschen mit ihren schönen Problemen. Die sind mir vor allem egal. Wäre ich Königin der Welt, würde ich die als Erstes einsparen, diese schönen Menschen, die braucht keiner. Keine. Keines. Es klingt pathetisch, ja, aber ich glaube, ich kann gar nicht glücklich sein, niemand kann das. Warum es überhaupt versuchen? Warum nicht akzeptieren, dass hier alles falsch läuft? Es lässt sich viel leichter leben, wenn man nicht so tun muss, als ob es einem gut ginge. Und irgendwie, ironischerweise, geht es mir dann gut, wenn ich die Traurigkeit akzeptiere. Ich will nicht hysterisch sein, mich in nichts reinsteigern, nicht pathetisch sein, nur realistisch. Und die Realität ist: Mir geht es nie gut. Auch nicht mit dir. Wenn ich ganz ehrlich bin, ging es mir mit dir fünf Sekunden lang gut, als ich mich in dich verliebt habe. Fünf Minuten, bevor die ganzen Gedanken kamen, die Gefühle. Ab da war es eine Achterbahnfahrt, ein Drahtseilakt. Das soll nicht heißen, dass ich das mit dir bereue oder nicht schön fand, denn das fand ich, ich fand das sehr schön. Aber unsere Beziehung war wie Schadensbegrenzung in meinem Leben. Ablenkung von mir und meinen Gefühlen. Wenn ich ehrlich bin, ging es mir nie gut. Aber hey, das ist super, dass ich das jetzt weiß. Das ist gar nicht schlimm. Wenn ich falle, richte ich meine Perücke und gehe weiter. Okay, das stimmt ganz und gar nicht, ich heule rum und dann richte ich irgendwann meine Perücke und schwanke, bis ich wieder gehe. Das ist aber nicht schlimm. Das ist mein Leben, das ich irgendwie liebe oder auch nicht, das ist ganz egal. Ich ordne mich ab jetzt nichts und niemandem mehr unter. Damit auch keiner Instanz mehr. Ich lebe eine bewusst ruinöse Existenz. Ich verzichte auf das Prinzip der Nützlichkeit zugunsten des Prinzips der Intensität. Die höchste Intensität erreiche ich durch die Verschwendung, die pure Verausgabung. Ohne Denken an einen Sinn, eine Funktion, eine höhere Instanz. Ich möchte mein Bewusstsein verlieren und mich nur mehr im Handeln verstehen. Und in meinem eigenen Scheitern. Ich möchte die Ausnahme leben, nicht die allgemeine Praxis. Die bedingungslose Auslieferung an den Augenblick, keine Verwertungszwänge mehr.

Okay, sorry für den Pathos, das Pathos, wie sagt man? Tut mir leid. Es ist nur, es gibt nicht die richtigen Worte, um meine Gefühle auszudrücken. Auch nicht die richtigen Artikel. Wenn ich sage, ich liebe dich, dann klingt das sofort pathetisch. Und wenn ich meinen Schmerz beschreibe, ist alleine das Wort Schmerz schon peinlich. Ich habe noch nicht die Sprache gefunden, um über meine Gefühle zu sprechen/schreiben/schreien. Außer die meines Intellekts. Aber es ist falsch, jedes Problem intellektuell zu beschreiben. Mein Intellekt und meine Gefühle sind mitten in einer Ehekrise, und ich möchte nicht Partei ergreifen. Ich kann meine Gefühle nur beschreiben, wenn ich dabei auch witzig oder zynisch bin. Dann ist es okay. Ansonsten tut es mir sofort leid, wirklich leid, dass ich so pathetisch klinge. In meinem Kopf klingt das ganz normal, aber hier, am Display, da liest sich das wie ein innerer Monolog von Meredith. Oder sogar noch schlimmer.

Ich glaube wirklich, dass das funktionieren könnte. Das mit der Selbstaufgabe. Es geht darum, den Punkt zu erreichen, an dem das Bewusstsein nicht mehr Bewusstsein von etwas ist. Ein Bewusstsein, das keinen Gegenstand mehr hat. Die Aufgabe der gewinnorientierten Selbstkontrolle. Freiheit im Verlust der Herrschaft über mich und dich und alle anderen. Die Psychologie sagt, dass Kontrolle ein Grundbedürfnis des Menschen ist, das hat mir meine Therapeutin erzählt. Das verstehe ich nicht, nein, das glaube ich einfach nicht. Es passt gut in das System der Psychologie, aber dass ich von Psychologie nicht viel halte, weißt du ja. Das Grundbedürfnis ist KONTROLLVERLUST. Es gilt, neue Dogmen zu schaffen: die Hingabe an die innere Bewegung der Lust in Korrespondenz mit den Einwirkungen äußerer Ereignisse. In der Selbstaufgabe, und darin liegt ihr Gewinn (der keinen Ertrag abwirft, keinen Nutzen bringt), kann ich erst zu einer Entfaltung meiner Fähigkeiten, meiner Lüste, meiner Fantasie finden! Verstehst du mich? Mir scheinen die Gedanken so klar zu sein. So klar wie noch nie, so sind die Gedanken gerade. Ich habe nur selten Momente, in denen meine Gedanken scharf sind, jetzt gerade ist so einer. Die Menschen, die ich sehe, sind so beschäftigt damit, sich zu beherrschen, sich zu ordnen, oder am schlimmsten: sich zu finden. HÖRT ENDLICH AUF, EUCH SELBST ZU FINDEN! Sie bauen sich ihre Leben mit ihren »Sicherheiten« und dabei ist doch die einzige Sicherheit, dass nichts sicher ist. Und das ist auch fucking gut so. Denn auf dieser Unsicherheit kann man surfen. Ich dachte, wir würden ewig zusammenbleiben. Da konnte ich nicht surfen. Jetzt kann ich das. Die freiwillige, die gloriose Verschwendung ist doch einfach eine lustvolle Auflehnung gegen das utilitaristische Dogma der Produktivität. Ich will keine »Produktivität« mehr haben. Ich möchte keine Funktionen mehr erfüllen. Ich habe heute den ganzen Tag nichts »Produktives« gemacht, auch wenn mein Gewissen sagt, dass ich das sollte. Es hätte einer der besten Tagen meines Lebens sein können. MEINE GEDANKEN SIND GERADE SO KLAR WIE SCHON LANGE NICHT MEHR. DIESER TAG IST DER TAG DER TAGE. (Es ist wieder Tag, es war Nacht, ich habe nicht geschlafen, dieser Tag dauert schon mehr als 36 Stunden. Aber er bleibt ein Tag für mich.)

Ich möchte, dass dieser Tag, dieser Zustand nie mehr endet. Ich surfe. Ich schwebe.

Ich habe eben noch mal einen Blick aus dem Fenster gewagt, da sind Leute, die das Chaos aufräumen. Es ist auch schon wieder Tagesrummel und die Leute schauen, welcher Wahnsinnige hier gewütet hat. Hihihi, ICH! Ich habe mich gleich wieder versteckt. Ich wünsche mir, dass du jetzt hier wärst und mit einem scharfen Küchenmesser ein bisschen an mir rumschlitzen würdest. Das wäre der größte Liebesakt. Das ist dieses LEBEN. Man denkt nicht an die Narben, die entstehen, sondern nur an den Moment. Ich bin gerade so besoffen, dass ich gar nicht verstehe, warum ich noch tippen kann. Aber ich habe diese besondere Fähigkeit, selbst besoffen auf perfekte Orthographie zu achten, damit wurde ich gesegnet. Vielleicht das Einzige, das ich wirklich kann. Mein Konto ist jetzt im Minus und ich habe so gar keine Lust, mir einen Job zu suchen. Ob die meine Wohnung räumen und meine Leiche finden werden, wenn ich aufhöre, die Miete zu zahlen? Ich will nichts mehr. Höchstens, dass du ein bisschen an mir rumschlitzt.

Das Leben verläuft nicht linear, es ist immer nur fragmentarisch. Ich bin seit 37 Stunden wach. Aber was heißt das schon? Das Leben verläuft ja nicht linear. *I don't think about the ›S‹-word.* Das wäre zu linear.

*

Ich wäre so gerne so ein Mensch, der um 7 aufsteht, joggen geht und dann seinen Tag beginnt. Ich bin aber mehr so ein Mensch, der um 15 aufsteht und um 18 Uhr einen Mittagsschlaf macht. Mein Kopf tut weh. Und meine Gefühle auch.

*

Die Narbe auf meiner Stirn hat eine Kruste gebildet, eine ganz kleine und feine. Die Haut auf der Stirn ist einfach viel dünner als die Haut am Arm. Das ist meine neue Leidensfrist, die ich mir setze. Ich erlaube mir zu leiden, bis diese Narbe verheilt ist. Und wenn sie nur mehr ein kleines Närbchen ist, eingebettet in die Falten auf meiner Stirn, von denen du bestimmt für die eine oder andere verantwortlich bist, höre ich auf zu leiden und kriege meine Sachen wieder auf die Reihe. Solange sie aber nicht verheilt ist, diese Stirnnarbe, erlaube ich mir, zu leiden, das muss man doch dürfen, eine Zeit lang leiden. Jetzt gehe ich Bepanthensalbe kaufen und massiere meine Stirn so sanft und liebevoll, als wäre es nicht meine.

*

Ich habe heute begonnen, Dinge zu verschenken. Ich möchte nicht mehr so viele Dinge besitzen. Zwölf Kisten, wer hat denn bitte schön so viel Zeug? Ich reduziere meinen Kleiderschrank, meine Bücher, meine DVDs (wozu überhaupt DVDs?, ich habe gar kein Laufwerk), so ziemlich alles, was ich mir an Materialität zugelegt habe. Schon beim Verschenken weniger Dinge habe ich mich heute freier gefühlt – ein kleines bisschen Last war weg.

*

Wenn ich mich umbringe, würde ich mir nicht die Pulsadern aufschneiden oder Tabletten nehmen oder so einen Quatsch. Ich habe eben beschlossen, dass meine Lieblingsselbstmordmethode *Abnehmen* ist. So schlage ich zwei Fliegen mit einer Klappe, wie man so schön sagt.

*

Ich liege im Schnee. Warum schneit es im Mai auch? Das macht für mich gar keinen Sinn, der Mai ist dazu da, um kurze Röcke und kurze Hosen zu tragen und keinen Pullover, doch jetzt liege ich hier im Schnee und schau mir die Sterne an, diese großen, brennenden Bälle, die sich da um uns drehen, oder umgekehrt. Gestern hatte ich Geburtstag, das weißt du natürlich, ich wollte dich nicht daran erinnern. Es war ein schöner Geburtstag und ein runder noch dazu, sozusagen. Hat sich eher eckig angefühlt. Eckig in einem guten Sinne: die Erotik der Geometrie. Ein gleichseitiges Sechseck ist wohl das schönste Ding, das ich je sehen werde. Und diese Sterne, die ich mir gerade ansehe und deren Name ich gar nicht kenne. Hast du gewusst, dass die von Linkin Park noch immer leben? Ich dachte, die wären schon längst tot. Und: Hast du gewusst, dass man im Internet Sterne kaufen kann? 40 Euro für einen, den man nicht gut sieht, und 80 für einen deutlich sichtbaren. Den kann ich dann nach mir benennen oder nach meinem Darling oder meinem Hund oder wie immer ich auch möchte. Ich überlege sehr stark diese Investition in die Zukunft zu tätigen, denn so einen Stern zu besitzen, das macht einen schon zu einem echten Menschen, glaube ich. Bei Fatih gab es meinen Hausrotwein nicht mehr, er kam wohl mit der Bestellung nicht mehr nach, und so ein Kiosk hat nicht viel Auswahl, deswegen trinke ich heute Weißwein, du kennst das ja: In der Not frisst der Teufel Fliegen. Warum liegt da so viel Schnee um mich herum? Es ist doch Mai, und der Mai ist dafür da, dass die Sonne scheint und die Leute schön aussehen. Und die Wettervorhersage in meinem Computer, die hat etwas ganz anderes gesagt, da stand kein Wort von Schnee, das hat die, die die Vorhersage erstellen, wohl selbst überrascht, als sie kurzärmelig in ihr Büro kamen und es wieder verließen und in ihren zu früh herausgeholten Sommeroutfits durch den Schnee stapfen mussten: Geschieht ihnen recht! Sage ich. Eines frage ich mich allerdings schon: wie du mich eigentlich so hemmungslos berühren konntest. Diesen Körper: meine Brust, die weder einem Mann noch einer Frau zu gehören scheint. Ich glaube, dass ich ein kluger Mensch bin, und manche sagen sogar, ich sei schön, aber viele auch, ich sei hässlich und dick. Und du, du hast mir gesagt, ich sei schön, mein Körper passe zu dir, aber ich kann dir hier eigentlich nur eine Lüge unterstellen. Wie konntest du mich so belügen? Waren es andere Körper, nach denen du dich sehntest? Mein Körper ist klug, das glaube ich, das weiß ich, mein Körper glaubt und weiß es. Das kriegst du nicht so schnell von einem anderen Körper, das glaube ich, das weiß ich. Ich mag meinen Körper, ja, ich liebe ihn. Nein, das stimmt nicht, ich verabscheue meinen Körper. Ich liebte ihn, als du ihn liebtest. Ja, okay, das ist vorbei, das sehe ich ein, ich muss ihn jetzt alleine lieben, meinen Körper.

Ich sehe ein, das ist vorbei. Warum hast du mir nicht einfach gesagt, dass du meinen Körper nicht liebst? Das hätte so vieles so viel einfacher gemacht. Du hättest doch einfach etwas sagen können.

Sagen war nie so deine Stärke.

Du hast eigentlich nie etwas *gesagt*.

Und wenn du etwas *gesagt* hast, dann hatten deine Worte ihre Richtigkeit, nicht weil sie richtig waren, sondern weil von dir eine Richtigkeit ausging, die du wohl mitbringst, die wohl nie anders war, weil du es nicht anders gelernt hast, du hast wohl schon sehr früh als Kind mit dem Sprechen begonnen. Und sehr schnell wieder damit aufgehört. Jedenfalls mit den ehrlichen Worten.

Wohin mit dem Schmerz und der Trauer, da gibt es kein Zimmer dafür. Was unterwegs verloren geht, ist die Aggression. Denn im Supermarkt an der Kasse plötzlich zu weinen funktioniert besser, als den Kassierer zu schubsen. Du gehst mit Problemen ganz anders um als ich und ich hasse es: Du läufst um den Block, als wärst du auf der Suche nach etwas, dabei erträgst du es einfach nicht, nur eine Sekunde still zu sitzen. Stillsitzen, das wollen Erwachsene immer von Kindern, oder? Dein übertriebenes Faible fürs »Spazierengehen« war mir sowieso immer fremd. Manchmal legt man jede Entscheidung auf die Waage, als hinge das eigene Leben davon ab. Dabei sollte man öfter mal einfach eine Münze werfen. Die Dichotomie von Zahl und Kopf wird unterschätzt. Auch Schnick-Schnack-Schnuck ist eine Möglichkeit. Aber du bist jemand, der ständig Limonaden kauft, und dann beschwerst du dich, dass du kein Geld hast. DAS BIST DU! Jede gekaufte Limonade ist ein Beweisstück in Form eines Getränks, dass du NIE gelernt hast, Entscheidungen zu treffen. Du schläfst, du schläfst nicht. Du isst, du isst nicht. Du trinkst Limonaden. Denn die Limonaden sind die Letzten, die dir noch sagen können, wer du eigentlich bist.

Der Konflikt zwischen Wahrnehmung, Angst und Realität. Ich habe so oft gedacht, dass Freund:innen für mich eine Überraschungsparty schmeißen. Es ist nie passiert. Ich habe das wirklich geglaubt und die Zeichen so gelesen, als würde es so kommen. Jetzt gerade stelle ich mir vor, dass sie Gott und die Welt mobilisieren, damit ich mich nicht umbringe. Dabei weiß ich, wenn ich länger darüber nachdenke, dass sie gerade mit ganz anderen Problemen in ihren Wohnungen sitzen und gar nicht an mich denken. Das ist kein Vorwurf oder so, das ist ein Realitätsabgleich. Meine Fantasie ist viel dramatischer als die Realität. Keine Party, kein Suizid. Nur ich im Schnee.

I GUESS I PICKED THE WRONG TIME TO BE A HUMAN BEING.

Ich hasse Leute, die solche Dinge von sich behaupten.

Wenn ich so daliege, fühlt sich alles gut an, außer dem Atem, der immer weitermacht, der quält mich.

Die Pulsadern am Arm sind doch nur so knapp unter der Haut, damit wir sie besser durchschneiden können.

Die Zeit des »Redens« ist vorbei, ich hasse reden, ich war schon immer ein Mensch, der lieber handelte, manchmal besessen handelte, aber lieber handeln als immer nur labern. Jetzt ist die Zeit des Handelns.

18 Uhr ist keine angemessene Zeit für einen Suizid, finde ich. 22 Uhr passt besser, wenn auch das noch etwas früh ist. Vielleicht doch warten.

Ich sehe all die Leichen von Liebenden, die auf den Gleisen liegen, sodass die Züge gar nicht mehr fahren können und die Leute alle zu spät zu Terminen/Abendessen/Affären/Arbeitsplätzen kommen, weil die Gleise verstopft sind mit diesen toten Menschen, warum bringt sich niemand mehr aus politischen Gründen um? (Auch nicht aus religiösen.) So viele Verspätungen wegen all der liebenden Selbstmörder.

Sich umzubringen macht keinen Sinn, um etwas zu erreichen. Vielleicht gibt es deswegen auch keinen politischen Selbstmord mehr, weil der noch immer etwas will. Das UM ZU kommt zum ersten Mal im Leben (haha, Leben) beim Selbstmord nicht zur Anwendung. Dieser Gedanke ist der verführerischste.

Ich habe mir das auch anders vorgestellt. Billiger Rotwein und Jägermeister, so sterben keine Intellektuellen. Aber Wodka kann ich gerade nicht sehen und so fancy Whiskey-Shit habe ich noch nie verstanden.

Lebe jeden Tag als wäre es dein letzter, haha, jaja, was für ein Scheißmotto, wirklich.

Meine Narbe ist noch nicht verheilt, ob Narben an Leichen wohl noch heilen?

Wenn ich etwas von *South Park* gelernt habe, dann, dass man sich nach dem Tod anscheißt. Ob das wohl wirklich so ist?

Berlin, es ist richtig, dass ich in dir sterbe. Nirgendwo sonst, du ekelige, dreckige, unsympathische Stadt, ich habe dich noch nie gemocht. Schön, dass wir beide also auch an das Ende unserer Beziehung kommen.

Ich stelle mir das angenehme Gefühl vor, nachdem man es geschafft hat. Man stellt sich Selbstmord so schön und romantisch vor, doch selbst die »weichen« Möglichkeiten sind so hart und schmerzvoll. Wo ist denn nur der Ausschaltknopf? Wollte sich Sibylle Berg mal umbringen? Bestimmt. Sie sieht aus wie eine Frau, die schon öfters gestorben ist. Ich liebe diese Frau.

Der Akku vom Computer ist gleich leer. Das macht mich unendlich traurig. Ich heule.

Ich mach's jetzt wohl wirklich, 22:25 Uhr.

Ich würde so gerne elegant abgehen, wie in einem Musical, aber elegant ist da nix (von wegen *South Park* und so).

Ich will keinen Sarg oder so einen Scheiß. Und bei der Trauerfeier darf nicht getrauert werden, die sollen nur schöne 80ies-Popsongs spielen.

Dieses falsche Lächeln oder eher Anspannen des Zahnfleisches, ich kann es nicht mehr sehen.

*

ZWEITER TEIL

Dear Nobody,
ich möchte dich wissen lassen: Ich bin seit gestern in der psychiatrischen Abteilung des AKH Wien. Man sagt weit über die Landesgrenzen hinaus, es sei die beste Psychiatrie. Mir geht es »gut« hier. Es tut mir leid, aber ich werde dir wohl nicht mehr so oft schreiben können. Es geht jetzt darum, mich mit mir selbst auseinanderzusetzen, mit mir zusammenzusetzen an einen Tisch und auf diesem Tisch stehen Gläser mit Wasser und es wird gesprochen: über das Für und Wider meiner selbst. Ich möchte dir nur sagen: Was da letzte Woche passiert ist, tut mir sehr leid. Ich kann keine Worte dafür finden, um mich zu entschuldigen, deswegen versuche ist es auch gar nicht. Erika zu mir zu schicken, war eine liebevolle Geste, die ich sehr schätze. Mehr möchte und kann ich zu dem Vorfall gerade gar nicht sagen. Im Großen und Ganzen kann ich gerade auch nicht viel sagen. Deswegen belasse ich es bei diesen wenigen Worten. Mach dir keine Sorgen um mich, ich habe jetzt professionelle Hilfe. Love.

*

Dear Nobody,
mein Lachen habe ich nicht verloren, auch wenn der Ton zynischer geworden ist. Es ist so, dass der Arzt, zu dem mich die Polizei in *jener* Nacht gebracht hat, mir

Temesta gegen die Panikattacken verschrieben hat. Das ist ein Benzodiazepin, also ein starkes Beruhigungsmittel. In der Woche zwischen *jenem* Vorfall und meiner Einweisung in die Psychiatrie habe ich das täglich genommen und - sehr klug von mir - mit Alkohol gemischt. Ich kann mich an nichts erinnern. Jetzt verstehe ich, warum so viele Menschen abhängig von diesem Zeug sind. Man ist einfach ruhig und sediert und es ist einem alles egal. Die Pointe ist jedenfalls, dass ich in diesem Zustand meine Reisetasche gepackt habe. Als ich sie heute auspackte, musste ich wirklich laut lachen. Ich habe nur Müll eingepackt. Nichts zum Anziehen, nichts zum Lesen, nur unnützen Kram, der mir im Moment des Packens wohl sinnvoll erschien, um ihn in die Psychiatrie mitzunehmen. Als hätte meine Tasche ein Dreijähriger gepackt. Ich habe ein fucking Jojo mitgenommen. Ich wusste nicht mal, dass ich so etwas besitze. Was braucht man eigentlich in der Psychiatrie? Das Auspacken hat auch nicht so sonderlich viel Spaß gemacht. Ich schlafe in einem Krankenbett (an den Strom angeschlossen, verstellbar in der Höhe usw.), was mich verwirrt, aber ich bin eben doch in einem Spital. Ich habe einen kleinen Spind für meine Dinge, und im Vorraum ist noch ein Schrank. Derzeit habe ich ein Einzelzimmer, was wohl ein Privileg ist, weil meine Eltern so eine Zusatzversicherung für mich abgeschlossen haben, die sich zum ersten Mal in meinem Leben auszahlt. Aber auch wenn ich hier alleine bin, ist das Zimmer nicht wirklich groß. Am Fenster steht ein klitzekleiner Schreibtisch, auf dem ich gerade diesen Brief schreibe. Es ist schön, dass man sich hier nicht herrichten muss. Ich dusche nicht, trage nur Jogginghose und Wifebeater, laufe in Sandalen rum und sehe trotzdem hübscher aus als die meisten. Eigentlich brauche ich hier nichts. Vielleicht gehe ich mir Unterhosen kaufen, im Krankenhaus gibt es ein paar Läden, aber es stört hier wirklich niemanden, wenn ich drei Tage lang dieselbe Unterhose trage. Eine Frau, die hier schon seit fünf Monaten ist, wirkt, als hätte sie auch keine weiteren Unterhosen eingepackt. Ich weiß gar nicht, wie lange ich hierbleiben werde. Es kann sein, dass es mir nächste Woche schon wieder gut geht und ich wieder nach Hause kann. Vielleicht auch nicht. Ein Tag hier dauert ewig. Heute ist erst Tag zwei und ich habe das Gefühl, als wäre ich schon eine Woche lang hier. Es ist alles so ruhig und in Watte gepackt. Das gefällt mir. Handy und Laptop habe ich ausgeschaltet, brauche ich hier gar nicht. Love.

*

Dear Nobody,
es ist noch immer Tag zwei, ich habe den letzten Brief bereits zur kleinen Poststelle hier im Krankenhaus gebracht und verspüre erneut einen großen Mitteilungsdrang. Wer sagt denn, dass man nicht zwei Briefe an einem Tage versenden kann? Es ist 19:00 Uhr, also wird dieser Brief ohnehin erst morgen verschickt, vielleicht gilt der Brief also einfach für morgen. Abendessen gab es schon, das kriegt man hier immer schon um 17:30 Uhr. Sehr eigenartige Zeit zum Abendessen, finde ich. Da würde ich normalerweise frühstücken. Ich glaube, die Leute hier lieben mich und finden mich süß und kinky. Der Pfleger meinte heute: »Probleme mit der Verdauung?« Ich: »Nein. Und Sie?« Ein kleiner Lacher. Pfleger: »Nicht wundern, wenn ich das frage, die Psy-

chopharmaka können auf die Verdauung schlagen.« Ich: »Kein Problem, ich rede sehr gerne über meine Verdauung.« Ich weiß gar nicht, ob ich tatsächlich gerne über meine Verdauung rede. Du weißt, wenn ich Klopapier kaufe und damit vom Supermarkt nach Hause gehe, hoffe ich immer, dass ich niemanden treffe, den ich kenne. Als wäre das Entleeren meines Darmes ein großes Geheimnis, ein Tabu, ein schamerfülltes Sakrileg. Das Ziel wäre wahrscheinlich, beim Nachhauseweg das gekaufte Produkt den Leuten mit Stolz ins Gesicht zu drücken und zu schreien: »Ja, auch ich scheiße!« Die Schwester hat heute beim Wecken in der Früh so fröhlich Weihnachtslieder gesungen, dass ich einerseits ganz verzaubert war von ihr und ihr andererseits in die Fresse schlagen wollte. Später erzählte sie mir bei einer Zigarette, wie schön sie diese Weihnachtslieder findet, auch wenn es Frühling ist und draußen 25 Grad hat. Und dass sie eigentlich nicht mit mir rauchen darf, dass sie aber eh nur mehr eine Woche hier ist und dann ihr Praktikum in der Chirurgie beginnt. Sie freut sich schon auf die aufgeschnittenen Bäuche. Ich habe mit einer alten Frau Schach gespielt. Gewonnen. Ein guter Tag. Außerdem habe ich heute Folgendes gesehen: ein Mädchen mit Narben auf dem Arm hoch bis zur Schulter, da war keine Haut mehr zwischen den Narben. Vor dem Haupteingang einen Mann mit einer Infusion in der einen Hand und einem Bier in der anderen. Meinen Stuhl, der schwarz, klein und kugelförmig war (Stuhl ist ein lustiges Wort). Den Hintern einer Patientin, die keine Unterwäsche trägt. Einen Typen mit einer Angststörung, der zwischendurch eine Zwei-Liter-Cola-Flasche getrunken hat. Manuel, ein junger Typ mit krassen Zuckungen wegen

Entzugs (Benzos und Heroin), mit einem Hakenkreuz-Tattoo auf dm Oberschenkel. Und ich habe erfahren, dass ein Bett hier pro Nacht über 1000 Euro kostet. Da zahlt sich die Versicherung mal wirklich aus. Luxushotel quasi. XOXO.

*

Dear Nobody,
es ist so komisch, »krank« zu sein, aber keinen Bademantel tragen und nicht im Bett liegen zu müssen. Ich glaube, ich habe leichte Entzugserscheinungen vom Alkohol. Bekomme drei Mal am Tag Tabletten. Da muss man sich immer bei der Schwesternstation anstellen und die dann vor einer Schwester oder einem Pfleger schlucken und danach seinen leeren Mund herzeigen. Ich bin mir gar nicht so sicher, was ich da alles bekomme, es ist mir gerade auch egal. Alles ein bisschen unklar. Langeweile und Müdigkeit. Ich habe nicht erwartet, dass Klinik so viel Arbeit bedeutet, ich habe es mir eher wie einen Spa-Aufenthalt vorgestellt. Arbeit ist vielleicht das falsche Wort, weil man nichts macht, aber es ist anstrengend, das Nichts-Machen. Alle laufen hier verwirrt, gelangweilt und verloren durch die Gegend (mit alle meine ich die Patient:innen). Ich fühle mich ein wenig unbeachtet. Es gibt kaum Möglichkeiten, sich von sich selbst zu distanzieren, wie es im Alltag draußen permanent stattfindet. Hatte kaum Gespräche bis jetzt, erst eines mit meiner Ärztin, Dr. Speer (ja, die heißt wirklich so), und irgendwie mag ich die nicht. Ich hab ihr von dir erzählt. Sie hat mir einfach eine neue Tablette verschrieben, ohne mich davon in Kenntnis zu setzen, nach dem Mittagessen war beim

Anstellen auf einmal eine neue Pille dabei. Ich glaube, es sind jetzt drei oder vier verschiedene, aber sie haben immerhin hübsche Farben. Ich glaube wirklich, dass es gut ist, dass ich hier bin – auch wenn ich ein wenig verwirrt bin und mich fehl am Platz fühle. Die Leute sehen viel fertiger aus als ich, die scheinen *echte* Probleme zu haben. Ich fühle mich etwas schuldig, dass ich diesen Psychiatrie-Platz einer Person wegnehme, die ihn vielleicht nötiger hat. Es kommt mir vor, als wären meine Probleme erfunden, gar nicht echt, nur Inszenierung. Übertreibung im Vergleich zu einer Psychose. Wer geht schon aus Liebeskummer in die Psychiatrie, das ist so peinlich. Peinlicher als Klopapier zu kaufen. Gerade ein leises Geräusch durch die Wand gehört und sehr erschrocken. Bin überhaupt sehr schreckhaft derzeit. Rauche viel. Als Ersatz zum Trinken vielleicht. Hab jetzt doch Verstopfung bekommen, freue mich schon, das morgen dem Pfleger zu erzählen, der wird stolz auf mich sein. Einerseits genieße ich die Langeweile, wann habe ich mich überhaupt das letzte Mal gelangweilt, mir erlaubt, mich zu langweilen? – andererseits ist sie unerträglich. Ich will aber auch gar nichts machen, mir fehlt jeglicher Antrieb. Dir diesen Brief zu schreiben, kostet mich schon übermäßig viel Energie. Meine Worte finden nur langsam den Weg auf das Papier, meine Gedanken sind im Stau, die Sprache ein alter VW-Bus, der schon bessere Zeiten gesehen hat. Übrigens glaube ich, dass sich ein anderer Patient in mich verknallt hat. Julian. Er ist megaweird. Aber auch lieb. Ich habe Angst davor, mein Handy einzuschalten, mir kommt das Grauen, wenn ich an all die Nachrichten und Anrufe denke, die mich da erwarten könnten. Deswegen lasse ich die Geräte auch erst mal ausgeschaltet. Ich möchte mir eine Auszeit gönnen, aber das ist so viel leichter gesagt als getan. Auszeit, was soll denn das sein? Man kann sich ja nicht einfach von der Realität abkapseln. Ich lese ja auch Zeitungen und so einen Quatsch, ich bin zwar in der Psychiatrie, aber ich bin ja noch immer auf der Welt. Wie auch immer, ich kann mein Handy auch erst in drei Wochen wieder einschalten, ich muss mir keinen Druck machen, vielleicht bedeutet ja Auszeit, mal nichts auf Instagram zu posten. Instagram hat mir eh immer mehr Stress als Freude bedeutet, das war ja auch wie eine Sucht, 30 bis 40 Mal am Tag meinen Feed und die Storys zu überprüfen, eigentlich hasse ich Instagram. 30 bis 40 Mal, was sage ich da? Du fehlst mir, aber es geht. Ich denke nicht den ganzen Tag nur an dich, da gibt es auch hin und wieder andere Gedanken wie »Oh, die Sonne!« oder »Oh, da hat sich jemand geräuspert!« Das finde ich schön. Und einen Fortschritt. Jetzt schon. Wenn ich an dich denke, bedeutet das auch Grauen. Aber nicht mehr so schlimm wie noch vor einer Woche. Die Aufgabe, wenn es eine Aufgabe gibt, wäre wahrscheinlich »zu mir zu finden«. Wie sehr ich diesen Ausdruck hasse, was soll denn das sein: zu sich finden? Wo soll ich mich denn finden, wo soll denn das sein? Ich lebe doch nicht in einem Roman von Hermann Hesse. In meiner Jugend war »Demian« mein Lieblingsroman, ich habe ihn permanent gelesen – immer wieder von vorne. Nun kann ich das Geschwafel über die Selbstfindung nicht mehr ertragen. Emil Sinclair, höre auf dich selbst zu suchen und fang endlich an, dich in den anderen zu verlieren! Apropos: sich verlieren. Ich fühle mich so verloren und unsicher hier, ich traue mich nicht mal zu den Pflegern zu gehen und zu fragen, ob ich in die Badewanne darf, obwohl die mir das angeboten haben. Das passt gar nicht zu mir, ich war ja noch nie ängstlich oder schüchtern. Was würde dir leichter fallen, aufzugeben: Kaffee oder Alkohol? Die Aggression oder die Depression? Ich weiß, du hasst diese Fragen, ich hasse sie auch. Habe vorhin mit einem anderen Patienten gesprochen, der eigentlich selbst Arzt ist (haha!). Ich habe vergessen, wie er heißt, überhaupt vergesse ich gerade viel, die Tabletten schlagen mir irgendwie auf das Gedächtnis, ich muss immer alles dreimal nachfragen und mir Dinge aufschreiben, damit ich sie nicht vergesse. Wir haben dieses Spiel gespielt, du weißt schon: Wärst du lieber taub oder stumm? Vampire oder Zombies? Wenn du einen Tag lang mit jemandem tauschen könntest, usw. Jedenfalls habe ich den Arzt, der plötzlich Patient ist, gefragt, wie er die Langweile hier aushält. Er meinte, dass sie jeden Tag schöner wird. Und dass er schon seit sieben Wochen hier sei und es noch lange nicht vorbei sei. Sieben Wochen? Muss ich auch sieben Wochen lang hierbleiben? Oder sogar länger? Das ist doch eine Ewigkeit, ich möchte nicht sieben Wochen lang hier sein. Die Schlaftabletten wirken, ich muss ins Bett. Love.

*

Dear Nobody,
die Tage hier dauern so ewig, einerseits kann man so viel machen, andererseits weiß man gar nicht, was man noch alles machen soll: Ich habe doch schon zwei Seiten gelesen (hab mir einen schlechten Krimi gekauft), eine halbe Folge irgendeiner Sitcom auf ORF gesehen, zwei Kaffee getrunken und bin zwei Mal aufs

Klo gegangen (die Verstopfung hat sich in ihr Gegenteil verkehrt). Und es ist erst 11:00 Uhr. Und ich habe schon so viel »gemacht«. Ich hasse dieses Wort: machen. Immer dieses Wort, vieles macht man hier auch nicht, vieles geschieht oder passiert hier einfach. Ich passiere oft einfach stundenlang, ohne etwas zu machen. Normalerweise würde ich noch schlafen um diese Uhrzeit, doch jetzt ist mein Tag schon so voll, dass ich das Gefühl habe, er könnte schon wieder zu Ende sein. Machen, machen, machen, immer dieses Wort, das mir zeigt, wie sehr ich doch Opfer dieser kapitalistischen Leistungsgesellschaft bin. Oft haben mich Freund:innen per WhatsApp gefragt: »Wollen wir etwas machen?« Und sie meinen damit, einen Kaffee trinken gehen oder einen Film schauen. Wie schön wäre es, einmal im Leben wirklich etwas zu machen. Ich hatte noch immer kein weiteres Gespräch mit meiner Ärztin, ich fühle mich im Stich gelassen von ihr. Die Schwestern und Pfleger sind sehr aufmerksam und lieb und manchmal zu bemüht. Es ist Sonntag, deswegen gab es gestern und heute auch keine Visite. Ich bin alleine in meinem Zimmer und habe begonnen, ein Puzzle zu legen, das im Aufenthaltsraum war, 1000 Teile, eine Collage mit hässlichen Bildern von Mozart. Eh klar, in einem Wiener Krankenhaus kann nur so ein Puzzle liegen. Das haben bestimmt schon hunderte Irre vor mir versucht zu lösen, wahrscheinlich sogar noch Freud selbst. Es ist komisch, mich mit den anderen »Irren« zu identifizieren. Ich bin ja jetzt irgendwie auch ein Teil von denen, ich bin jetzt selbst ein Irrer. Ich fühle mich schuldig, wenn ich denke, dass ich mich von ihnen unterscheide, weil ich intelligenter bin als die meisten hier. Hier ist eine Mischung aus sämtlichen Schichten vorhanden. Und es sind auch nicht alle komplett »verrückt«, also wie man sich das vorstellt, mit sabbern und Humbug reden (die gibt es natürlich auch, aber nicht nur). Und auf der anderen Seite: Vielleicht ist das ja nur Einbildung, vielleicht bin ich ja genauso verrückt wie die und sabbere und rede Humbug und bemerke es einfach nicht. Ich war vorhin mit Julian spazieren, der Verrückte, von dem ich denke, dass er auf mich steht. Dieser Typ ist jenseits von Gut und Böse, ehrlich. Er sagt dauernd Dinge, wie ähnlich wir uns sind und dass er so froh ist, dass ich jetzt da bin, weil er endlich einen Seelenverwandten hier hat. Wir haben sicher eine Stunde gequatscht, und ich muss dir sagen, der Typ ist wirklich verrückt. Abgesehen von seinem Blick redet der auch ganz unzusammenhängendes Zeug, er weiß gar nicht, wie lange er schon hier ist und was seine Diagnose ist oder welche Medikamente er nimmt. Er redet von irgendwelchen Lehrern, die ihn mochten, und dass er von einem die Adresse hat und den besucht hat, aber weggeschickt wurde (klar wurde er weggeschickt, keiner will so einen Typen bei sich zu Hause haben). Das hat den guten Julian so hart getroffen, die Tatsache, dass ihn sein Lieblingslehrer wegschickte, dass er ganz gebrochen und weinend zurück in die Klinik kam, bis er seinen Seelenverwandten (mich) entdeckte. Falls du dich wunderst, wir haben hier Ausgang zu bestimmten Zeiten, niemand hier ist eingesperrt. Fast niemand zumindest. Wenn ich die Ärztin frage, darf ich auf die Alser Straße runter und dann kaufe ich Tomaten. Wie auch immer. Zwischendurch flirtet Julian mit mir oder versucht es zumindest, so denke ich. Und jetzt gerade hat er gesagt, und ich lüge nicht, dass es hier wohl Leute gibt, die wirklich verrückt sind, anders als er und ich, weil wir zwei ja eher normal sind. Mir ist das Herz zerbrochen, als er das gesagt hat, denn Julian, dazu muss man kein Arzt sein, um das zu sehen, ist derjenige, der nicht ganz koscher ist. Julian redet nur assoziativ, ihm reißt permanent der Faden, er schafft es nicht, sich dem Diktat der Konventionen in einem Gespräch zu unterwerfen. Aber was, wenn ich auch so ein Julian bin? Wenn ich den Leuten hier erzähle, ich sei eigentlich normal, ich hätte halt psychische Probleme. Und auch wenn ich dieses Gedankenexperiment wage, glaube ich doch fest, dass ich kein Julian bin. Ich bin davon überzeugt, dass ich nicht verrückt bin. Ja, ich habe psychische Probleme, das gebe ich zu, ja, vielleicht ist es sogar richtig, dass ich hier bin, aber ich bin kein Irrer. Es ist so, als hätte ich eine sehr schwere Grippe. So wie Pfeiffersches Drüsenfieber. Da liegt man oft auch ein paar Wochen im Bett. Nur dass es bei mir keine Grippe ist, sondern dass bei mir das Gehirn oder die Gefühle oder was weiß ich was krank ist. Love.

*

Dear Nobody,
heute war Montag und da ist ein ganz schöner Rummel hier. Bei der Visite standen sicher zehn Ärzte und Ärztinnen in meinem Raum, wobei ich mir nicht ganz sicher bin, ob das wirklich Ärzt:innen waren oder einfach Statist:innen in weißen Kitteln, um mich einzuschüchtern. Aber du kennst mich, so etwas schüchtert mich nicht ein. Als die reinkamen, habe ich das als meine Show betrachtet. Es war eine sehr kurze Show. Die Ärzt:innen haben drei Minuten mit mir geredet, meine behandelnde Ärztin Dr. Speer hat gar kein Wort

gesagt, und ehe ich dazu kam, zu erzählen, wie es mir geht (wie geht es mir eigentlich?), waren die alle schon wieder weg. Ich habe mit anderen Patient:innen gesprochen und die meinten, dass das am Anfang normal sei und dass es nach ein paar Tagen »Ankommen« mehr zur Sache gehe. Dennoch bin ich sehr unsicher, was mit mir hier passiert. Ich weiß noch immer nicht, welche Tabletten ich bekomme, geschweige denn, was sie bewirken sollen. Ich spüre in meinem Körper Veränderungen, ich kann aber nicht beschreiben, woher sie kommen. Ich trinke zum ersten Mal seit Monaten keinen Alkohol. Auf einmal wirken Tabletten in meinem Körper, die dafür sorgen, dass meine sogenannte »Tag-Nacht-Umkehr« wieder auf »normal« umgestellt wird. Normal heißt: um 22:00 Uhr ins Bett gehen. Ist das normal, um 12:00 Uhr zu Mittag zu essen? Welcher Mensch macht denn das? Außer die, die im Jahr 1963 leben? Heute Mittag ist nichts passiert, ich habe mich unglaublich leer und einsam gefühlt. Ich hatte kaum Antrieb zu schreiben, dir zu schreiben und auch jetzt kostet es mich einige Kraft. (Habe ich das schon mal geschrieben? Die Tabletten wirken auf mein Gedächtnis und ich vergesse sehr viel, ich kann mir auch kaum die Namen der anderen merken. Den Arzt-Patienten nenne ich immer nur Arzt, weil ich mich nicht mehr traue, zu fragen, wie er heißt. Eigentlich müsste ich seinen Namen wissen.) Dennoch zwinge ich mich zu schreiben, dir und auch anderen. Es hilft mir. Ich genieße es auch, zur Abwechslung mal wieder Stift und Papier zu verwenden. Wie du merkst, war ich im Krankenhausshop und habe Briefpapier und diesen dünnen, schwarzen Zeichenstift gekauft, mit dem mir diese altmodische Art des Schreibens auch Spaß macht. Mein Handgelenk tut sogar schon weh, aber das ist ein guter Schmerz! Ein produktiver! Was ich eigentlich sagen wollte: Es war, um ehrlich zu sein, sehr schlimm heute Mittag. Ich habe mich permanent gefragt, was ich hier eigentlich mache, und obwohl immer Leute um mich sind, auch Leute, die mir helfen können, habe ich mich so einsam gefühlt. Und obwohl ich Berlin erleichtert verlassen habe, hatte ich plötzlich das Gefühl, ich könnte dort etwas verpassen. Habe an meine Freund:innen gedacht, an meine »Freunde«, die Dinge machen, und daran, dass ich nicht dabei bin. Das hat mir sehr weh getan. Plötzlich fühlte sich mein Aufenthalt hier an, als würde ich kostbare Lebenszeit verschwenden. Ich weiß noch immer nicht so recht, was ich hier mache, ob mir die Psychiatrie wirklich helfen kann und ob ich nicht einfach alleine verreisen hätte sollen. Nach Australien (Schafe hüten) oder Nepal (Yogalehrer werden). Hier fühle ich mich schon sehr gefesselt. Das kannst du dir bestimmt vorstellen. Ich hasse es, fest an einem Ort zu sein. Hier gehe ich immer in den Garten, der echt schön ist, laufe fünf Minuten rum, gehe ins Zimmer, sitze fünf Minuten rum, gehe wieder in den Garten usw. Ich bin hier nicht gefangen, ich darf gehen oder in die Stadt fahren, aber das möchte ich irgendwie noch nicht. Ich traue es mich auch nicht so recht. Und jetzt bin ich an diesem Ort gefangen, der sich seit den 60ern kaum verändert hat. Hässliche Architektur. Ich habe auch nur den wenigsten meiner Freund:innen von meinem »Urlaub« hier erzählt. Ich weiß nicht, ob es sich in der Gruppe herumgesprochen hat, ob du es Leuten erzählt hast. Ich schalte mein Handy nicht ein, ich sehe nicht, ob mich jemand erreichen will, mir »Glück wünschen« möchte.

Mir fehlt Berlin sehr, aber ich möchte trotzdem auch nichts damit zu tun haben. Außer eventuell mit dir. Ein Berlin ohne dich ist wie ein Vibrator ohne Batterien. Du merkst vielleicht, dass ich mein mittägliches Stimmungstief überwunden habe und einen heitereren Ton anschlage. Ich habe bemerkt, dass sich abends eher zufällig eine Gruppe von Leuten bei den Bänken im Garten zum Rauchen trifft. Ich habe mich einfach dazugesetzt. Und urplötzlich habe ich mich wieder gefühlt wie der Neue, der Erstklässler, der Uncoole, der um die Akzeptanz der anderen betteln muss. Die Schlagfertigkeit, die ich sonst in neuen Gruppen an den Tag lege, war weg, ich war ganz schüchtern und habe kaum gesprochen. Mir fielen die einfachsten Wörter nicht mehr ein (die Medikamente schlagen auf mein Gedächtnis). Dennoch hatte ich sehr viel Spaß mit der Runde. Auch ohne gute Wörter. Es war so: Irgendeiner, ich kann mich nicht mehr erinnern, wer, hat vorgeschlagen *Pflicht, Wahl oder Wahrheit* zu spielen. Das ist natürlich nicht die genialste Idee der Welt, mich interessieren die Wahrheiten der anderen auch nicht, aber ich will ehrlich sein: Ich habe lange nicht mehr so herzhaft gelacht. Und das, obwohl oder vielleicht auch weil wir alle nichts getrunken haben. Dadurch wurde es irgendwie noch absurder. Ein Schulausflug in der Psychiatrie. Da sitzen ein Depressiver, eine mit Angststörungen, ein Benzo-Abhängiger und einer mit Burn-out (und ein paar weitere) und spielen dieses Spiel. Manuel, der mit dem Hakenkreuz, musste den Fuß von Vera ablecken. Der mit der krassen Angststörung musste den Baum ficken. Das klingt so dumm und banal, aber ich musste wirklich laut lachen. Und weißt du, was das Schönste, das Süßeste war? Weil ich der Neue hier bin, waren sie –

unausgesprochen – lieb zu mir und haben mir leichtere Aufgaben gestellt. Es ist jetzt bereits halb elf und meine Schlaftabletten wirken langsam, aber ich fühle mich auf einmal nicht mehr ganz so einsam, wie ich mich noch heute Mittag fühlte. Es ist ganz simpel, du musst dir nur vorstellen: Hier ist ein Haufen unterschiedlicher Menschen, Männer, Frauen, sogar eine Transfrau, aus verschiedenen Schichten, mit den unterschiedlichsten Problemen von Sucht bis Hypochondrie, und alle wollen nur eines: dass es ihnen wieder besser geht. Das möchte ich für mich auch. Es kann schon sein, dass es richtig ist, dass ich hier bin. Gute Nacht.

*

Dear Nobody,
ich glaube, ich bin wütend. Ich empfinde so selten Wut, dass ich das Gefühl nicht wirklich einordnen kann. Die Visite verlief heute ähnlich wie gestern: ernüchternd. Ich habe jetzt einen Therapeuten bekommen. Ich hasse ihn. Ich habe gesagt, ich möchte lieber mit einer Frau arbeiten, aber für unsere Abteilung gibt es nur zwei Personen – und beide sind Männer. Er ist ca. drei Meter groß und ein richtiger Macker. Passt gut zu mir, oder? Ich habe ihm meine Probleme erzählt und was gerade in mir vorgeht, und er wollte einen auf polemisch machen und versuchte, sich cool auszudrücken. Am Ende hat er mich gefragt, ob ich mit ihm arbeiten möchte, und ich habe Ja gesagt. Ich weiß gar nicht, warum ich das gesagt habe, da hätte ich lieber gar keine Therapie. Der Typ kennt in Wirklichkeit sicherlich keinen einzigen schwulen Mann! Ich kann mir sehr gut vorstellen, in was für einer Welt der lebt. Übrigens sind das

auch keine fertig ausgebildeten Therapeuten, sondern Student:innen, die Praxisstunden sammeln. So spart das Krankenhaus. Habe meinen Therapeuten gleich gefragt, wie viel er verdient. Gar nichts. Was ist das hier? Nachdem ich ihm meine Probleme erzählt habe, meinte er: »Die schlechtesten Auseinandersetzungen sind die, die nicht geführt wurden.« Bravo. Kriegst den Nobelpreis für diese Erkenntnis. Auch Dr. Speer lässt sich nicht wirklich blicken. Ich versuche Gespräche zu forcieren, schaffe es aber nicht so richtig, ich habe auch nicht den richtigen Antrieb dazu. Dinge, die ich heute gesehen habe: eine Frau mit sehr langen Gelnägeln. Warum habe ich keine Gelnägel? Ein Mädchen kommt zum Rauchertisch und fragt: »Seid ihr schon lange hier?« Die andere antwortet: »Nein, ganz kurz. Also drei Zigaretten ca.« Ehrlich: Ich habe noch nie einen Ort gesehen, an dem so viel geraucht wird wie hier. Man könnte direkt eine Trafik hier in der Abteilung aufmachen. Ein dicker, schwuler Junge: »Ich würde so gerne meine kurze Hose anziehen, aber die hat einen Fleck.« Die mit den Gelnägeln: »Geh bitte, das ist doch egal.« Recht hat sie, alles ist hier egal. Wen interessiert ein Fleck? So wie ich mich hier gebe, hast selbst du mich noch nicht gesehen. Ich denke ständig nur an Aggressionen und daran, zu handeln. Man muss doch handeln, um etwas zu verändern. Aber hier kann man einfach nicht handeln. Hier ist alles egal. Wir sind die Letzten der Welt. Ich würde dir gerne etwas über unsere Trennungsprobleme schreiben, schaffe das aber noch nicht. Selbst der Gedanke daran lässt mich erstarren. Ich habe meinem Therapeuten nur von einem »Trauma« erzählt. Er meinte, das sei übertrieben. Finde ich nicht. Aber das ist wieder das Problem mit diesen großen Worten. Was ist schon ein »Trauma«? Was wäre stattdessen das richtige Wort? Mir fallen derzeit viele Wörter gar nicht ein, die Tabletten schlagen stark auf das Gedächtnis. Schnell was anderes. Hin und wieder kommt schlagartig dein Bild in meinen Kopf und es sticht. Das passiert oft am Tag. Zulassen oder wegschieben ist dann die Frage. Dagegen kann ich gar nichts machen. Nein, ich wollte über etwas anderes schreiben. Schnell was anderes. Ich bin so wütend. Auf meinen Therapeuten, auf dich, auf mich, auf Dr. Speer, auf den Fleck auf der kurzen Hose dieses dicken, schwulen Jungen. Es gibt keinen Spielraum, keinen Handlungsspielraum. Mein Therapeut redete vom »Zu-sich-selbst-Finden«. Und auch das Wort »Ziel« hat er verwendet. Begriffe, bei denen ich einfach zumache. Ich habe keine Lust mehr, mich bei Leuten zu entschuldigen für mein Denken, Fühlen und Handeln. Ich habe keine Lust mehr, hier der Süße, Liebe zu sein, der Höfliche, mit dem man leicht umgehen kann. Der Bescheidene. Der Witzige! Ich bin gern der Witzige, aber nein, hier wäre ich lieber der Verbitterte. Rollen, die ich gerne spielen würde: der Verbitterte, der Wütende, der Fordernde, der Pöbler, der Zu-Direkte, der Streitsuchende, der Krieger (auch ein komisches Wort in diesem Zusammenhang). Ich verstehe gar nicht so recht, warum ich in den letzten Tagen hier so schnell die Rolle des Lieben, Schüchternen, Stillen eingenommen habe. Ich fühle mich wie eine Comic-Figur, der man die Außenkonturen genommen hat. Langsam und in Schüben und Stößen beginne ich zu begreifen, dass ich in einer Klinik bin. Man kennt die Bilder der Stars und so weiter und dann ist man hier und alles scheint so irreal. Ich fühle mich schuldig, dabei glaube ich gar nicht an das Konzept von Schuld. Du kannst aus der Kirche austreten, aber den Katholiken kriegst du nicht aus dir raus. Das ist ganz neu für mich, dieses Schuldgefühl, ich kann es gar nicht recht beschreiben. Ich fühle mich schuldig für das, was an diesem Suizid-Abend passiert ist, dir gegenüber, Erika gegenüber, über diesen Abend kann ich noch gar nicht sprechen, auch meinem Therapeuten habe ich das verheimlicht. Was ist denn Schuld überhaupt? Morgen kaufe ich mir ein Lexikon und schlage nach, was es bedeutet. Auch wenn mir das wahrscheinlich nicht reichen wird, aber mehr hat der »Buchladen« im Krankenhaus wahrscheinlich nicht zu bieten. Schlechtes Gewissen kommt nur von mangelndem Selbstbewusstsein, denke ich. Von den Zweifeln, »falsch« zu handeln und zu reflektieren, sich selbst nicht zu akzeptieren. Über mein »Selbstbewusstsein« kann ich auch nur sprechen, wenn ich es in Witze verpacke. Ehrlich davon zu sprechen, zwingt mich, mich mit mir selbst auseinanderzusetzen. Ich weiß, dass das bald passieren muss. Aber ich bin wirklich noch nicht stark, oder wie die Ärzte sagen: »stabil« genug dafür (noch so ein schlimmes Wort). Vielleicht will ich mir meiner selbst auch gar nicht bewusst werden. Da gibt es diese Leute, die so voller Selbstbewusstsein sind, dass sie sich ihrer selbst keineswegs mehr bewusst sind. Ich glaube (Achtung! Klischee-Alarm), ich sollte mir Zeit geben. Die Dinge zu verarbeiten. Das muss nicht bis morgen geschehen. Ich glaube, es ist okay, dass es mir gerade nicht gut geht. Zeit zum Strukturieren, Zeit zum Nachdenken, »Drüberwegkommen«, worüber eigentlich? Ich habe nie etwas Falsches gemacht, das glaube ich. Ja, es ist Schreckliches passiert. Aber auch etwas Menschliches, ein Unfall, vielleicht ein notwendiger. Ein Suizid ohne Tod. Ich bringe diesen Brief jetzt zur Post und gehe spazieren, ich habe gerade ein starkes Bedürfnis, mir über ein paar Dinge klarer zu werden. Alleine. Sorry. Love.

PS. Der Arzt-Patient, mit dem ich mich langsam anfreunde und dessen Name ich noch immer nicht weiß, sagte vorhin zu mir: »Darf ich dich etwas fragen?« – »Na klar.« Er zögerte. »Stehst du auf Männer?« Und ich mit einem Lächeln von einem Ohr zum anderen und dem Rest Selbstbewusstsein, den ich noch besitze: »Ja. Klar.« Und er hat sich über meine Ehrlichkeit gefreut. Und dann: »Kennst du Michael?« Ich: »Meinst du den dicken, jungen Schwulen mit dem Fleck auf der Hose?« – »Gefällt der dir?« Und ich mit lang gezogenen Vokalen: »Neeee. Ist nicht so mein Typ.« Ich grinste in mich hinein. Gute Idee! Bringt die zwei Schwulen in der Klinik zusammen, damit sie gemeinsam schwul und depressiv sein können, das ist auch eine Form der Therapie. Aber ich konnte nicht böse auf meinen neuen Freund sein, er hat es ja nur gut gemeint, der Gute.

*

Dear Nobody,
ich bin heute durch das Krankenhaus spaziert und durch das Gelände um das Krankenhaus herum. Max (mein Therapeut – er möchte, dass wir uns beim Vornamen nennen, uns aber siezen, das ist die schlimmste Art der Kommunikation, wie ich finde) hat heute keine Zeit für mich, er möchte das immer spontan regeln, welche seiner Patient:innen ihn dringender brauchen,

und meinte, er hätte morgen wieder für mich Zeit. Kam mir eigentlich ganz gelegen. Einerseits, weil ich keine Lust hatte, wieder mit ihm zu sprechen, und andererseits, weil ich dadurch viel Zeit hatte, um durch das Gelände zu spazieren. Man kann hier stundenlang spazieren gehen, das AKH ist unglaublich groß. Es hat sogar eine recht große Kirche. Ich habe die Allein-Zeit heute sehr genossen und auch die Langweile ließ ich näher an mich ran. Es tat auch mal gut, ein wenig Abstand zu den Ärzt:innen und Patient:innen zu gewinnen. Ich habe mir auf meinem Spaziergang im Krankenhaus-Buchladen ein Lexikon gekauft. Zu meinen Schuldfragen hat mir das wenig Aufschluss gegeben, da stehen Definitionen, die etwas mit »Gewissen« und »Fehlermachen« zu tun haben. Beides sind Konzepte, an die ich nicht glaube, Gewissen habe ich keines mehr. Ich finde es aber gut, jetzt ein Lexikon in meinem Zimmer zu haben. Ich habe öfter das Bedürfnis, Begriffe nachzuschlagen, vor allem weil in der Psychologie so viele Begriffe verwendet werden, bei denen ich mir über die genauen Definitionen gar nicht sicher bin, bzw. darüber, ob die Psychologie sich der genauen Definitionen sicher ist. Auf einer der Seiten dieses dicken Buches steht das unausgesprochene Wort, das hier nicht erwähnt werden möchte. Es beginnt mit »D« und endet mit »epression«. Ich möchte mir noch einen Atlas kaufen, weil ich oft feststelle, dass die Grenzen und Länder auf den Karten oft ganz anders aussehen, als ich sie mir vorstelle. Hast du gewusst, dass Dresden fast in Tschechien liegt? Verrücktes Dresden. Und nachdem ich mein 1000-Teile-Mozart-Puzzle gestern fertig gemacht habe, brauche ich neue Beschäftigungen. Dr. Speer war heute bei der Visite ganz begeistert von dem Puzzle, was mich eher kalt ließ. Sie meinte, dass ich mich wohl sehr gut konzentrieren könne, ich erwiderte darauf, dass das gar nicht stimmte, meine Aufmerksamkeit hätte nur sehr kurze Phasen, ich würde ständig alles vergessen, mir keine Namen merken, und dass ich Puzzles im Schlaf lösen kann, seit ich sieben Jahre alt bin. »Wissen Sie, ich habe vor einer Woche ein 1000-Teile-Puzzle gemacht, als ich unter Temesta und Alkohol war und Tag und Uhrzeit nicht mehr wusste, und ich habe dafür fünf Stunden gebraucht.« Es kam kein Applaus und nicht einmal ein kleines Lächeln über meinen müden Witz. »Und außerdem hat man hier auch nichts zu tun, da macht man das schnell.« Ich habe sie auch gefragt, ob das nicht fast manisch sein könnte, wie sehr ich mich an dieses Puzzle gekrallt hätte, und sie meinte, vor einer Manie brauche ich keine Angst haben, das treffe gar nicht auf mich zu. Na ja. Auf Kreuzworträtsel habe ich gar keine Lust mehr, bei denen komme ich mir noch stärker manisch vor. Manisch darin, mich von mir selbst abzulenken. Und dann kommt plötzlich eine Frage nach einem Komponisten und die Antwort ist Schubert und ich denke daran, als ich mit dir damals die Winterreise gehört habe, und fange an zu heulen. Wegen eines dummen Kreuzworträtsels. Ich will aber aufpassen, dass ich nicht zu streng mit mir werde. Ich darf die Zeit verplempern, heulen und sogar deinen Namen aussprechen (was ich nicht mache, in meinen Erzählungen bleibst du namenlos). Ich habe in der Zeitung von der Schießerei in Berlin gelesen und war wütend über die Berichterstattung. Dann habe ich sofort an dich gedacht und mir Sorgen gemacht, was irgendwie übertrieben war, denn wie unwahrscheinlich ist es, dass du eines der Opfer bist. Ich hätte dich beinahe angerufen, habe mich dann aber doch entschieden, bei den Briefen zu bleiben. Dieser Schritt wäre zu krass. Ich habe heute auch etwas gemerkt, was schon lange so ist: Ich lebe in einer Aneinanderreihung von kleinen Portionen. Ich schreibe ein paar Sätze in einen Brief, gehe essen, trinken, rauchen, pissen, löse ein halbes Kreuzworträtsel, und das alles in immer wieder unterschiedlichen Reihenfolgen. Diese Briefe hier entstehen nie an einem Stück, sie sind ein Mosaik meines Tages. Es war, um ehrlich zu sein, noch nie meine Stärke, mich lange auf etwas zu konzentrieren. Deswegen versuche ich gar nicht erst, ein Buch zu lesen, ich würde nicht über die ersten drei Seiten hinauskommen. Ich habe glücklicherweise den Abschiedsbrief von Virginia Woolf bei mir, eine halbe A4-Seite. Und lese ihn immer wieder. Besser als mein »Abschiedsbrief«, der ja keiner war, weil es kein Abschied war. Auch Virginia hat bedingungslos geliebt. Sie macht einen Vorwurf, ohne einen zu machen, indem sie den Vorwurf negiert. Ich würde Virginia sagen: Liebe niemanden mehr als dich selbst. Und Virginia würde fragen, ob wir uns zusammen töten wollen, im See. Und ich würde sagen: vielleicht. Mehr als diese eine A4-Seite verträgt meine Konzentration nicht. Das ist besser als jedes Buch, man ist so schnell fertig und kann sich freuen, dass man jetzt etwas gelesen hat. Auch die Schachspiele mit den anderen Patient:innen fallen sehr unkonzentriert aus, dabei weißt du doch, dass Schach mein Lieblingskartenspiel ist. Ich bin in einer Psychiatrie. Das merke ich langsam. Und lasse eine gewisse Portion Melancholie zu. Bitte, bitte, man muss nicht immer glücklich sein. Vielleicht kommt meine Ruhe heute auch von den

Tabletten, die langsam zu wirken beginnen. Vielleicht kommt sie von mir. Das ist das Schöne an der Psychopharmazie: Niemand weiß, was passiert. Gibt es denn wirklich Grauzonen? Oder ist das Grau nur ein permanentes Flackern zwischen Schwarz und Weiß? Wahrscheinlich muss nicht alles gesagt werden. X.

*

Dear Nobody,
ich verkrieche mich heute in meinem Zimmer. Es geht mir nicht sonderlich gut. Habe permanent starke Panikgefühle. Egal woran ich denke. Hab heute eine alte Serbin und eine alte Kroatin kennengelernt (was die eine hat, weiß ich nicht, die andere nimmt seit 40 Jahren Benzos, weil ihr das ihr Hausarzt verschrieben hat, und versucht diese Tabletten nun loszuwerden). Wir haben über den Krieg gesprochen, auch da kam das Wort »Schuld« vor. Ich habe oft nachgefragt, ich bin zu jung, um den Krieg damals live verfolgt zu haben, obwohl ich in Österreich gelebt habe. Die Serbin hat mir von ihrem Sohn erzählt, der ein bisschen jünger sei als ich, aber nicht schwul. Ich nickte. Sie führte monatelang jeden Abend Gespräche mit ihrem Sohn über ihre Flucht, die Verwandten und den Krieg. Ihr Sohn wurde in Österreich geboren, und als er in der Pubertät war, hat er alles über den Jugoslawienkrieg gelesen, was er fand. In der Schule wurde damals noch wenig dazu erzählt (ich weiß gar nicht, ob sich das überhaupt verändert hat). Ihr Sohn wurde von so heftigen Gewissensgebissen geplagt, dass er nicht schlafen konnte. Einer seiner besten Freunde war in seinem Alter, ein schwuler Junge, dessen Eltern aus Bosnien nach Öster-

reich gekommen waren, auch er wurde in Österreich geboren. Und die zwei Jungs unterhielten sich über den Krieg und wussten, dass sie nicht Teil dieses Kriegs waren. Und für den schwulen, bosnischen Jungen war das auch nicht so existentiell wie für den Sohn meiner Gesprächspartnerin (die wohl auch depressiv ist). Ihr Sohn wollte eine Zeit lang niemandem sagen, dass seine Eltern aus Serbien kommen, weil er sich so dafür schämte. »Wie ging die Geschichte aus?«, fragte ich. »Die Geschichte ist nicht zu Ende. Das ist noch immer so. Nur, dass es für ihn nicht mehr so existentiell ist. Er sieht langsam ein, dass er nichts für seine Herkunft kann, nichts für die Flucht seiner Eltern und die Kriegsbegeisterung mancher Verwandten.« Danach bin ich in mein Zimmer und in ein tiefes Loch gefallen. Ich würde auch gerne eine existentielle Geschichte über Krieg und Herkunft erzählen, aber in meiner privilegierten, weißen, österreichisch-deutschen Geschichte geht es nur um die Liebe: wie ätzend. Liebeskummer ist so langweilig im Vergleich zu existentiellen Identitätsgeschichten. Ich habe permanent das Gefühl, dass ich etwas tun muss. Etwas tun, um wieder gesund zu werden, um meine Zeit nicht zu verschwenden, um produktiv zu sein. Das ist natürlich bullshit. Außerdem habe ich keine Lust, noch ein Mozart-Puzzle zu legen, auch wenn mir das gerade das Therapeutischste zu sein scheint. Ich habe begonnen, mit den Zähnen zu knirschen. Das kam auf einmal so. Mein Kiefer tut weh, weil er so angespannt ist. Irgendwie gibt es in diesem Ort der Watte keinen Platz für Aggression. Dabei sollte man meinen, dass man die gerade hier irgendwie rauslassen kann. Ich finde keine Möglichkeit. Ich fühle eine große, ungebündelte, brandneue Wut in mir, ich weiß nicht worauf, die nicht rauskann, die mich überfordert. HEUTE IST EIN SCHEISSTAG. Vorhin hat mich auch Julian angequatscht, der Typ ist so fertig. Psychose, habe ich jetzt rausgefunden. Er erzählt mir ständig, wie schön er singen kann, wie schön seine Stimme ist (ich wollte mir nichts vorsingen lassen, weil ich befürchte, dass das nicht der Fall ist), und dass er unbedingt Karriere als Sänger machen möchte, dass ihm diese Karriere das Wichtigste auf der Welt ist. Das ist so unendlich traurig. Ich wusste gar nicht, was ich sagen sollte, ihm Hoffnung zu machen, scheint mir falsch, aber ehrlich zu sein, scheint auch irgendwie falsch. Habe fast gar nichts gesagt. Es ist ein Scheißtag und ich hatte nicht einmal die Energie, eine respektvolle Antwort auf Julians Gelaber zu heucheln. In Wahrheit habe ich begonnen, ein neues Puzzle zu machen, und mich gehasst dafür. Nach einer Stunde habe ich es wieder weggeräumt. Es kommt mir vor, als wäre dieses manische Puzzlemachen nur eine Ablenkung von mir selbst. Gleichzeitig erscheint mir die Beschäftigung mit mir selbst auch nur als Flucht vor der Beschäftigung mit mir selbst. Meine Schrift wird auch immer hässlicher und krakeliger, ich hoffe, du kannst das überhaupt noch lesen. Wenn nicht, ist es auch egal. Kannst die Briefe auch wegwerfen, vielleicht machst du das auch. Spielt eigentlich gar keine Rolle. Mittlerweile ist es 22:00 Uhr und ich habe bis jetzt Kette geraucht und eben meine Tabletten geholt. Heute war ein Scheißtag (vielleicht habe ich das oben schon mal erwähnt, mittlerweile liegt mein Briefpapier den ganzen Tag am Schreibtisch, ich schreibe sporadisch, was mir einfällt, und am nächsten Morgen bringe ich das Geschriebene dann einfach zur Post, ohne noch mal drüberzulesen, und beginne von Neuem). Manuel hatte Ausgang und kam total zerstört zurück. War megabesoffen oder unter Drogen, hatte Zuckungen am ganzen Körper und hat sich mit dem Pfleger Kevin angelegt. (Mit Pfleger Kevin darf man sich nicht anlegen, das weiß jede:r hier.) Ich habe irgendwie das Gefühl, dass es sein könnte, dass ich dich und die Liebe idealisiere. Ein kleines bisschen. Vielleicht schreibe ich dir die Tage mehr dazu, sollte mir da noch etwas Kluges einfallen. Mein Wunsch ist nach wie vor nicht, »glücklich« zu sein, sondern einfach ein bisschen eigenständiger und selbstbewusster. Beides trifft gerade nicht wirklich zu. Ich bin so vergesslich durch die Medikamente und werde dann so wütend auf mich selbst, dass mir in Gesprächen Autoren oder die Titel meiner Lieblingsfilme nicht mehr einfallen. Dabei weiß ich ja, dass das eine Nebenwirkung ist, dennoch werde ich wütend auf mich und hasse mich ein kleines bisschen. Ich glaube, ich habe einen noch viel längeren Weg vor mir, als ich es mir eingestehen möchte. Da ist der Liebeskummer und in meinem Lexikon steht das Wort, das mit »D« beginnt. Wie lange bin ich denn jetzt hier? Ich habe ständig Angst, dass die Ärzt:innen mich und meine Krankheit nicht ernst nehmen, dass ich nur ein »milder« Fall bin, nicht so krass wie die anderen. Vielleicht ist das so, aber ich brauche ihre Hilfe. Ich habe Angst, dass sie nicht sehen, wie sehr ich diese Hilfe brauche, weil ich mich hinter meinem Witz, meinem Charme und meinem unglaublich hübschen Gesicht verstecke. Ich schreibe nur Schrott, ich habe wirklich schon spannendere und witzigere Briefe hingekriegt. Vielleicht sollte ich mal einen Tag pausieren. Als ob. Ich will nur die Zeit rumkriegen, bis endlich die Schlaftabletten wirken. Ich habe mich lange nicht rasiert. Weißt du was? ICH BIN DER MANN MIT DEM LÄNGSTEN UND GRÖSSTEN BART IN MEINER ABTEILUNG. Das ist auch eine Leistung, oder? Vor allem, weil ich ja sonst nie Bart trage. Oh, ein Schmankerl habe ich noch, bevor ich ins Bett gehe. All die österreichischen Patient:innen hier (also fast alle) sagen zu den Tabletten »Pulver«. Also eigentlich »Puifa«. Ich liebe das so sehr. Es ist so niedlich und omamäßig. Meine Puifa wirken jetzt. Ich gehe ins Bett. Und morgen schreibe ich bestimmt wieder. Nachti.

*

Dear Nobody,
Langeweile kann töten. Echt jetzt, hast du das gewusst? Ich hab da kürzlich einen Artikel im Standard über einen 47-jährigen Mann aus Connecticut gelesen, der sich tatsächlich zu Tode gelangweilt hat. Okay, das habe ich gerade erfunden. Aber ich glaube wirklich, dass das sein kann. Dass man aus Langeweile sterben kann. Irgendwo gibt es diesen 47-Jährigen aus Connecticut und ich fühle mit ihm. Vielleicht hat der Standard nur einfach noch nicht von ihm berichtet, was wirklich die mangelnde Aktualität dieser Zeitung bestätigt. Spätestens, wenn du das erste Mal in die Psychiatrie kommst, wirst du merken, wie wahr meine Worte sind. Ich habe mich bis jetzt noch nicht zu Tode gelangweilt, wobei ich das Gefühl habe, dass ich kurz davor sein könnte, ich spüre schon so tödliche Anzeichen an mir und meiner Umgebung, zum Beispiel ist mein kleiner linker Zeh taub. VOR LANGEWEILE! (Oder ist das die Nebenwirkung eines Medikaments, es gibt so viele Nebenwirkungen, und vor allem so viele lustige! Sogar die Konsis-

tenz meines Spermas hat sich verändert (ist jetzt aber wieder normal).) Max, mein Therapeut, sagt, ich solle die Langeweile genießen. Und ich denke mir, fuck you, Max, ficken SIE sich, Sie haben ja auch einen Job und eine Frau und sicher irgendwie Kinder, die man schlagen kann, geben Sie mir keine Tipps über Langeweile, ich bin die Queen der Langeweile! Jeden Abend, wenn ich in meinem Krankenbett liege und der Fernseher noch vor sich hinsäuselt, freue ich mich, dass ich wieder einen Tag geschafft habe. Und dann wache ich am nächsten Morgen wieder auf und frage den Tag, der vor mir liegt, wie ich ihn nur wieder rumkriegen soll, er liegt da so groß und lang und dick und geschwollen vor mir (okay, ich hatte auch einfach lange keinen Sex mehr) – und es ist nicht so, dass man am Ende sagt: »Oh Mann, so schwer war es ja gar nicht, den Tag rumzukriegen!« Nein! Am Ende sagt man: »Ich hatte Bedenken, dass es schwer sein wird, diesen Tag rumzukriegen, und die Bedenken haben sich bestätigt: Es war sehr schwer, diesen Tag rumzukriegen!« Manchmal sogar noch schwerer, als man am Morgen dachte. Jeder Tag ist gleich. Oder komplett anders. Weiß gar nicht, was mir lieber wäre. Und was davon wahrer ist. Ich merke langsam, dass in mir ein Gefühl für Erotik zurückkommt. Im Schreiben und im Essen, aber auch in der Sexualität. Vielleicht notgedrungen, weil man irgendwann horny wird, vielleicht auch weil ich mich so viel mit mir selbst beschäftige. Bei unserem *Pflicht, Wahl oder Wahrheit*-Spiel haben alle Jungs zugegeben, dass sie in der Klinik schon gewichst haben (die Bäder kann man abschließen, was ich irgendwie auch beunruhigend finde). Jedenfalls habe ich jetzt auch schon das eine oder andere Mal in der Dusche gewichst. In den ersten Tagen hat man in diesem sterilen Umfeld ja gar keinen Drang, die Toiletten hier werden fünf Mal (!) am Tag gereinigt. Klar, es ist ein Krankenhaus. Keime, Bakterien, Viren, lieber die Toilette schrubben, als gäbe es kein Morgen mehr. Wie auch immer, er ist wieder da, der Drang. Ein bisschen. Anders als zuvor. Ich fühle mich heute auch zum ersten Mal seit einer Ewigkeit wieder ein bisschen »schön«. Halbwegs halt. Ein bisschen fühle ich mich auch wie eine hässliche Frau, die im Fernsehen ein Make-over bekommt und danach noch immer dick und hässlich ist, dafür aber immerhin hässlich geschminkt, und irgendwie freut sich diese Frau über ihr »neues« Aussehen. Und auch wenn ihre Schminke sie aussehen lässt wie Lady Gaga auf Acid, hat sie jetzt mehr Selbstbewusstsein und das ist doch schön, oder? Und die Moderatorin, die aussieht wie ein Model, sagt zu der dicken Frau: »Nicht wiederzuerkennen! Du bist wunderschön!« Und sowohl die Moderatorin als auch die dicke, hässliche Frau wissen, dass das eine Lüge ist, aber es ist eine schöne Lüge, deswegen glauben sie gerne daran. Na ja, so in etwa fühle ich mich, wenn auch ungeschminkt. Okay, ein bisschen Make-up habe ich drauf, aber dezent und geschmackvoll und quasi ungeschminkt. Ich habe heute sicher 30 Minuten vor dem Spiegel verbracht und nur mein Gesicht betrachtet. Mich immer wieder gezwungen, es zu lieben, und dann, es doch einfach nur zu sehen. In meine Augen zu sehen und mehr zu sehen als nur das Nichts. So ein Gesicht ist eine Grimasse. Ich liebe Gesichter von Kindern, die noch so ungeformt sind. Und ältere Leute, die haben nur mehr eine Grimasse. Oft sehen sie aus, als hätten sie zu lange in einer Stimmung verbracht und das Gesicht wäre in dieser Stimmung eingerastet. Ein Arzt hier zum Beispiel hat immer heruntergezogene Mundwinkel. Er zieht sie aber gar nicht herunter. Sein Gesicht ist festgefahren in dieser Mimik. Als ich mein Gesicht im Spiegel gesehen habe, habe ich festgestellt, dass ich gerade zwischen Kind und Grimasse stecke. Noch entspannte Muskulatur, aber mit Zeichen des Älterwerdens. Ich bin wie eine Kartoffel. Und zwar nicht so eine Hochglanzkartoffel, wie sie auf dem Playboy-Cover abgebildet wird. Ich bin eine ganz normale Kartoffel aus deiner oder meiner Speisekammer (ich habe gerade gar keine Speisekammer, nur einen Kühlschrank im Zimmer, aber was soll ich hier in der Klinik auch mit Kartoffeln (außer vielleicht Kartoffelstempel basteln ...)?). Ich will jetzt nicht das Wort »selbst« oder das Wort »akzeptieren« verwenden, schon gar nicht in diesem Zusammenhang, ich sage nur, ich bin eine Kartoffel. Nicht die schönste vom Kartoffelfeld, die es schafft, als Model in der Werbung verwendet zu werden, dennoch sehr lecker, darauf kommt es ja an, ein bisschen Schnittlauch über mich streuen und geht schon. Als ich in den Spiegel gesehen habe, habe ich auch die Narbe auf meiner Stirn betrachtet, du erinnerst dich, die ich mir in vollkommener Selbstabwesenheit zugeführt habe. Sie ist fast verheilt, man sieht einen Strich, der aussieht wie eine Falte. Drei Stirnfalten habe ich bereits und die Narbe bettet sich zu den Falten und tut, als würde sie dazugehören. Das gefällt mir. Love, Nolove.

*

Dear Nobody,
komme direkt von der Therapie mit Max. Ich hasse ihn noch immer, aber ich schätze ihn jetzt auch ein kleines

bisschen. Er ist ein so anderer Mensch als ich, dass er mich mit seiner Art sehr fordert. Wir haben kurz darüber geredet, was schuld daran ist, dass ich in der Psychiatrie gelandet bin: ich, du, die böse, gemeine Welt. Niemand kann Schuld haben, denke ich. (Außer vielleicht du. (Kleiner Scherz.)) Mein Klammern an Menschen ist auch nur ein Symptom meines mangelnden Selbstwertgefühles. Eigentlich hasse ich diesen Psycho-Talk und ich dachte, dass ich mit diesem Thema seit der Pubertät fertig bin. Seit ich halbwegs erwachsen bin, stehe ich zu mir, und jetzt bin ich 30 Jahre alt und plötzlich fühle ich mich wieder wie mit 16. Max meint, dass das D-Wort wohl schon immer in mir geschlummert hat, ich bin mir nicht sicher, was ich davon halten soll. Ich habe ihn gefragt, was ich mit meinen Aggressionen machen soll, er meinte, ich solle sie jenseits meines gewohnten Umfelds rauslassen. Die Klinik sei der beste Ort dazu. Max meinte, ich habe mich mit der Rolle des Lieben, immer gut Gelaunten angefreundet, weil ich damit im Kontakt mit anderen Menschen erfolgreich bin, ich umgehe Konflikte und alle haben mich lieb. Wenn es mein Ziel ist, dass mich alle Menschen liebhaben, mache ich allerdings etwas gewaltig falsch. Max meint, dass er immer beim Autofahren wütend wird (wie gesagt, ganz anderer Typ als ich) und ich solle mein »Autofahren« finden. Ich bin noch immer recht aufgebracht von der »Sitzung«. Ich setze Sitzung unter Anführungszeichen, weil es hier nicht abläuft wie in der Praxis der Therapeutinnen in Berlin, sondern Max einfach irgendwann im Lauf des Tages in mein Zimmer kommt und mich fragt, ob wir in den Garten gehen wollen. Dann reden wir, dann geht er wieder, und ich bin wieder alleine mit meinen Problemen. Bis sich das am nächsten oder übernächsten Tag wiederholt. Und weil die Therapie draußen stattfindet, rauche ich noch dazu Kette während des Gesprächs. Eine ganz neue Erfahrung. Gib mir noch ein Bier dazu und dann geht's schon (kleiner Scherz, ich will gar keinen Alkohol trinken). Irgendwie mag ich es aber auch, dass das so locker abläuft und es keinen eigenen Raum dafür gibt. Heute Morgen (Achtung, große News!) kam endlich Dr. Speer zu mir ins Zimmer und hat mit mir geredet. Sie meinte, sie wollte mir erst mal Zeit geben, hier anzukommen, und hat sich schon Gedanken über mich und meine Behandlung gemacht. Also Depression und Angststörung wären ja klar, aber ich hätte wohl auch eine emotionale Persönlichkeitsstörung. Darauf sagte sie gleich, dass man das eigentlich nicht mehr sagt, die Persönlichkeit könne ja gar nicht gestört sein. Man verwende manchmal das Wort »Borderline«, aber auch das scheint das Phänomen nicht ganz zu beschreiben, warum auch immer. Dr. Speer präferiere den Begriff: emotional-instabile Persönlichkeitsstörung. Na bravo, ich bin wirklich ein 16-jähriges Mädchen mit Borderline. Dann haben wir über Tabletten und Therapieformen und so geredet und es hörte sich ganz gut an. Endlich passiert etwas. Es gibt ganz viel Angebote nämlich. Neben der Gesprächstherapie mit Max kann ich zu Bewegungskram und Atemkram oder sogar zur Gartenarbeit gehen. Dann gibt es Ergotherapie, wo ich basteln und dabei meine Probleme lösen darf. Und die Tabletten, na ja, da wird rumprobiert, bis es irgendwann passt. Meine Nebenwirkungen seien normal. Und man müsse immer abwarten, deswegen sind die Leute auch so lange hier, weil das oft erst nach zwei, drei Wochen zu wirken beginnt. Und dann passt die Tablette nicht und man muss wechseln und wieder warten. Lustiges Spiel. Das Ziel der meisten Patient:innen hier ist, nicht noch einmal in die Klinik zu müssen. Verstehe ich, und dennoch waren viele schon fünf, sechs Mal in verschiedenen Kliniken. Dann sagen sie immer: »Das Otto-Wagner, das ist das Schlimmste!« Und der Nächste: »Ja, das war grässlich dort.« Bin halt doch Anfänger hier. Wobei sich für mich gar nicht die Frage stellt, *ob* ich noch einmal muss, sondern *wann*. Beatrice, eine 55-jährige Lady mit verschiedenen Problemen, war so toll, gestern war ich mit ein paar Frauen beim Rauchen und eine hatte Liebeskummer. Und Beatrice darauf: »Weißt du was? Du kannst einmal Opfer sein, du kannst zwei Mal Opfer sein, aber beim dritten Mal bist ein Trottel.« Weise Worte. Drauf alle unisono: »Dann bin ich ein Trottel.« Und Beatrice mit ihrer tiefen, rauchigen, österreichischen Stimme: »Ja, ich eh auch.« Dann habe ich Beatrice erzählt, dass mir eine emotional-instabile Persönlichkeitsstörung diagnostiziert wurde, und Beatrice darauf: »Ach, Schatzi, das haben wir alle hier.« Entschuldige mich für eine Minute, ich möchte kurz eine rauchen. Okay, fertig. Ich habe gerade an die Zeit gedacht, in der du mich belogen und betrogen hast, und habe versucht, darüber wütend zu werden. Ein sehr müder Versuch. Der Gedanke kam mir, als ich gerade in der Zeitung etwas über US-Politik gelesen habe. Weil du und ich vielleicht drei Mal über US-Politik geredet haben und du mir das System dort erklärt hast. Ich hasse all diese Adjektive: Ich bin enttäuscht, verletzt, traurig, depressiv, kann ich nicht einfach wütend sein? Und was soll das mit dem Wahlsystem in den USA bitte sein? Ich möchte schnell das Thema wechseln. Ich sitze zum ersten Mal beim Briefschreiben im Freien unter einem Baum (vielleicht hast du das am Rauchen bemerkt, komischerweise ist es in den Zimmern der Klinik verboten). Die anderen stehen fünf Meter entfernt am Raucherplatz und reden über irgendwas, um die Zeit totzuschlagen. Mein Stift wird langsam leer und ich werde wohl gleich einen neuen kaufen gehen. Ich hätte gerne auch eine Füllfeder hier, eine schöne, aber dazu müsste ich in ein Geschäft außerhalb des Krankenhauses gehen und dazu bin ich noch nicht bereit. Da schreibe ich lieber mit diesen schwarzen Filzstiften, die man hier kaufen kann. Gestern Abend hatte ich übrigens Besuch von einer alten Freundin. Das war schön, aber ich merkte, wie ich von Minute zu Minute depressiver wurde, bis ich sie leider wieder wegschicken musste. Sie hat mir so eine Einwegkamera mitgebracht und jetzt versuche ich jeden Tag ein lustiges Foto zu machen, und wenn ich sie entwickle, schicke ich dir vielleicht eines mit, dann siehst du, wie gigantisch mein Pennerbart mittlerweile aussieht. An den Hormonen liegt es bestimmt nicht, dass ich schwul bin, sonst hätte ich nicht so einen enorm raschen und dichten Bartwuchs. Als ich dir gestern (war das gestern, ich habe keine Ahnung mehr von der Zeit) von meiner Angst geschrieben habe, dass die Ärzt:innen mich nicht ernst nehmen könnten, habe ich wieder bemerkt, wie schwer es mir fällt, Menschen zu »vertrauen«. Auch ein Wort, dass ich hasse. Jetzt zum Beispiel habe ich Angst, dass die Leute drüben beim Raucherplatz über mich lästern könnten, dabei sind das ja irgendwie meine Freund:innen. Angst ist eine schlechte Motivation. Für alles. Das Ding ist: ICH WEISS DAS JA ALLES. Ich weiß diese dummen Sachen über Angst, Eifersucht, emotionale Abhängigkeit, Depression, ich hab schon mal ein Buch gelesen und ich kann denken. Aber mein

Körper, der versteht die Sachen nicht. Ich kann mir mantra-artig Eva-Illouz-Zitate reinprügeln und kriege dennoch Panikattacken bei dem Gedanken daran, mit wem du gerade Sex haben könntest. Ich rauche noch eine. Okay, fertig. Hier raucht man so viel, ich bin mittlerweile schon bei zwei Packungen am Tag. Es ist eklig. Ich wünschte, ich könnte einfach vergessen. Vieles einfach aktiv und angestrengt vergessen und das behalten, was ich behalten möchte. Und dann weiterleben. Aber die Dinge, die ich vergessen möchte, sind die hellsten, die mit Textmarker hervorgehobenen Teile meines Selbst. Und hier in der Klinik, da macht man wirklich das Gegenteil von Vergessen. Da macht man nur Erinnern. Wie sehr ich doch die Psychologie hasse. Hätte ich Geld, würde ich jedem hier Eva-Illouz-Bücher schenken. Ich lese sie gerade wieder, deswegen erwähne ich sie schon das zweite Mal. Na ja, lesen, ich versuche es zumindest, meine Konzentration lässt Lesen nicht so richtig zu. Aber ich versuche, nicht zu streng zu mir zu sein. Was mir nur so mittelgut gelingt. Aber dass es mir nur mittelgut gelingt, ist eigentlich gut, weil dann bin ich nicht so streng zu mir, wenn ich das wertschätze. Verstehst du? Es hat auch etwas an sich, immer wieder denselben Satz zu lesen und zu bemerken, dass man beim Lesen des Satzes nicht aufmerksam war, also den Satz wieder von vorne lesen muss – und das ganze Spiel vier, fünf Mal hintereinander. Dann hat man den Satz geschafft, aber Achtung! Danach kommt schon der nächste Satz und das Spiel wiederholt sich von vorne. Okay, ich muss mal ein bisschen rumlaufen. Melden Sie sich nicht, wir melden uns. Love.

*

Dear Nobody,
vielleicht liegt es auch am Nicht-Trinken, dass mir hier so langweilig ist. Ich trinke einfach so gerne, weil ich dann abgelenkt bin, mich für alles begeistern lasse, das Gefühle habe, Einsamkeit und Leere überlistet zu haben (die sich natürlich gar nicht so leicht überlisten lassen). Mir fehlt der Alkohol per se wirklich nicht, aber auf einmal habe ich so viel Zeit, weil ich nicht den halben Tag einen Kater als Kumpel habe und die zweite Hälfte des Tages schon wieder trinke. Sondern einfach nur einen halben Tag für mich und dann gibt es noch einen zweiten halben Tag für mich, das ist so unendlich viel Tag. Wie auch immer, es gibt Neuigkeiten. Die wohlige und privilegierte Zeit des Einzelzimmerdaseins ist heute zu Ende gegangen. Bei der Visite wurde mir mitgeteilt, dass ich einen Zimmerkollegen bekomme. Ich war schlecht drauf, ich wollte mein Zimmer und mein Bad nicht mit jemandem teilen, das ist doch auch ein eigenartiger Zustand. Wo macht man das denn außer auf der Schullandwoche? Im Krankenhaus ist das irgendwie normal oder man tut so, als wäre es normal, aber ehrlich: Jede:r hasst es, auch nur für eine Nacht ein Zimmer zu teilen. Und dann auch noch mit einer fremden Person. Wie du mich kennst, war ich auch etwas aufgeregt. Ich habe mich frisiert, geschminkt und mir etwas Hübsches angezogen. Dann habe ich mich auf das Bett gesetzt und gewartet, bis jemand reinkommt. Dabei hatte ich ein Buch auf meinem Schoß, das ich nicht gelesen habe, weil ich keine Lust hatte zu lesen, aber ich wollte cool aussehen, wenn der Neue kommt. Dann war es so weit, es klopfte, jemand kam herein (dahinter die Pfleger:innen, die das Bett schoben, wo der ganze private Kram drauflag).

Und du wirst nicht erraten, wer in mein Zimmer spazierte. Es war Michael. Der dicke, schwule Junge mit dem Fleck auf der Hose. Na, bravo. Bringt die jungen, schwulen Depressiven zusammen, das wird denen helfen. Ich habe freundlich »Hallo« gesagt und ein nur so mittelfreundliches »Hallo« kam zurück. Wortlos hat Michael seinen Kram »ausgepackt« (sein Kram war ja gar nicht eingepackt, er lag nur auf seinem Krankenhausbett, das gerade an den Strom angeschlossen wurde). Guter Start, dachte ich mir und ging erst mal in den Garten rauchen. Ich war auf einmal so wütend auf alles. Auf Michael und auf die Tatsache, dass er jetzt bei mir im Zimmer ist. Ich kann Michael nicht ausstehen, er ist oberflächlich und eine Zicke. Ich hätte vor Wut heulen können. Max hat mich gefunden und hat mich auf eine Therapie-Zigarette eingeladen, da konnte ich nicht widerstehen. Wir haben lange geredet, aber ich möchte dazu gar nicht viel sagen, nur: Wir haben über meine Angststörung geredet, und Max meinte wütend: Wovor haben Sie denn Angst? »Vor allem«, sagte ich. Er glaubte mir nicht, und dann haben wir über das Angstverhalten gestritten. Er meinte, dass sich Angst immer auf konkrete Sachen richte, die die Angst auslösen. Ich meinte, dass es hier nicht um die Auslöser geht, denn meine Angst könnte alles Beliebige betreffen, jedes zufällige Wort. Es geht um meine eigene Bereitschaft zur Angst. Meine Entscheidung für die Angst, eine Entscheidung, die sich normalisiert hat. Ich möchte dir etwas sagen und nehme all meinen Mut zusammen: Als du mich damals betrogen hast und es mir gesagt hast, das hat mir das Herz gebrochen. Und dann habe ich dir »verziehen«. Und hab keine Angst, ich möchte dieses Thema nicht wieder aufwärmen, diese alte Geschichte, dieser Streit ist vorbei. Wir haben uns vertragen, du hast dich entschuldigt und es ging weiter. Aber in diesem Moment, in dem Moment deiner Entschuldigung und meiner Entscheidung, mit dir weiterleben zu wollen, habe ich mich für Angst und Depression entschieden. Zuerst nur in kleinem Rahmen, aber der Rahmen wurde größer und das Bild darin auch. Und ich Idiot habe das erst gemerkt, als ich einen Nervenzusammenbruch hatte. Wenn ich stark wäre, würde ich sagen, dass wir uns in diesem Moment trennen hätten sollen, auch wenn ich auf keine Sekunde mit dir verzichten will. Alles, was danach passierte, war unwürdig. Für mich, dich, unsere Liebe. Wir haben uns geliebt, Spaß gehabt, schöne Momente, aber in mir war ständig diese unendlich große Angst, alleine im ganzen Universum zu sein. Wahrscheinlich würde ich mich wieder für den Weg entscheiden, den ich damals eingeschlagen habe, auch wenn alles in mir sagt, dass das nur ein Weg der Selbsterniedrigung war. Vielleicht hätte ich diesen Weg auch gehen können ohne Selbsterniedrigung. Oder ich hätte die Flucht ergriffen und auch dann hätte ich geheult. Im Endeffekt ist es egal, denn es ist nun mal so passiert, wie es ist. Ich habe mich für die Depression entschieden. Ich habe mich durch deinen Betrug vermindert und hässlich gefühlt. Ich will dir keinen Vorwurf mehr machen, die Zeit der Vorwürfe ist vorbei. Es ist nur so, dass ich jetzt glaube zu verstehen, was mit mir passiert ist. Und heute fragte mich Max: Wovor haben Sie Angst? Und ich konnte nur sagen: vor allem. Selbst am Weg von meinem Zimmer zum Kaffeeautomaten habe ich Angst. Auch Angst ohne ein Objekt. Nicht Angst *vor* etwas. Sondern einfach nur Angst, die sich in sich selbst verdreht und sich von sich selbst ernährt. Ich habe Angst, wenn ich schlafen gehe und wenn ich aufstehe und in der Zeit dazwischen – und im Schlaf wahrscheinlich auch. Meine Angst braucht kein Objekt, sie ist ein Zustand, der seine eigene Dramaturgie hat. Ich könnte Angst haben, wenn ich an Sachen denke, vor denen ich Angst habe, aber in diesen Momenten habe ich dann keine Angst. Ich habe dafür Angst, wenn ich an einen Sonnenuntergang denke. Es reicht, glaube ich. Ich gehe jetzt zu Michael und schwule rum.

*

Dear Nobody,
die neue Schlaftablette hat mich ausgeknockt, ich hatte heute Vormittag einen richtigen Hangover und bin nach dem Frühstück wieder ins Bett gegangen. Zoldem 10 mg. Hatte einen ganz schlimmen Albtraum vor dem Aufwachen. Ich war wieder im Gymnasium und wurde von Leuten aus meiner Klasse bewusstlos geschlagen und mir wurden alle Wertsachen geklaut. Dann hat sich meine ganze Klasse von mir abgewendet, weil sie meinten, dass ich so eine Dramaqueen sei. Dann musste ich Silvester alleine verbringen, weil ich keine Freund:innen mehr hatte. Nach dem Frühstück habe ich diesen Traum weitergeträumt und im Schlaf versucht, Lösungen für das Problem zu finden. In einer Variante war ich plötzlich Lehrer und habe der Klasse eine 200-Seiten-Lektüre aufs Aug gedrückt, wenn sie mir nicht meine Wertsachen wiedergeben. Es ist Samstag und viele sind auf Ausgang heute, die Station ist ganz leer. Ich finde es gut, dass ich hierbleibe, ich will ohnehin meine Ruhe haben. Gestern

haben mich meine Wienfreunde besucht und das hat mich ziemlich aufgebracht. Also es war voll schön, aber nach einer Zeit hat mich das gestresst, weil es so viele waren. Vor allem, als die dann Fragen gestellt haben, auch wenn sie das sehr sensibel gemacht haben. Ich habe sie dann weggeschickt. In der Gruppe habe ich auch wieder gemerkt, wie wenig Selbstbewusstsein oder Selbstvertrauen ich gerade habe. Ich habe ständig Witze darüber gemacht, dass ich der schönste Mann in der Klinik sei. So gerne würde ich meinen Witzen Glauben schenken. Die ältere Frau, mit der ich manchmal Schach spiele, ich glaube, sie heißt Veronika, hat sich heute Morgen ganz hübsch angezogen (sie läuft sonst nur im Nachthemd und barfuß herum) und mir erzählt, dass sie Ausgang hat und abends wiederkommt, ob wir dann Schach spielen wollen. Dann saß sie den ganzen Tag im Warteraum und ging nicht oder wartete darauf, dass sie jemand abholt. Vor ein paar Tagen meinte sie auch zu mir, dass sie nach der Klinik nicht weiß, wo sie wohnen soll. Ein unglaublich trauriges Wesen. Als nichts passiert ist und stundenlang keine:r kam, hat sie wieder ihr Nachthemd angezogen und mich gefragt, ob wir Schach spielen wollen. Ich hatte gerade gar keine Lust und sagte, ich sei beschäftigt. Ich habe noch immer ein schlechtes Gewissen, dass ich das gemacht habe. Ich weiß, dass ich das nicht haben muss, aber die Frau tut mir so leid. Vera mit der Angststörung hat mir heute erzählt, dass sie sich getraut hat, eine Station mit der U-Bahn zu fahren. Sie war sehr stolz und ich habe mich gefreut. Vorhin habe ich ein Mädchen kennengelernt, die in der Abteilung zwei Stockwerke über mir ist, Viola. Viola ist hier wegen Drogen und Magersucht. So ein wunderschönes, kluges Mädchen, das Gespräch war sehr anregend. Sie meinte, dass sie viereinhalb Monate hier in der Klinik war, dann einen Monat draußen, und dann wieder hierher musste. Sie ist jetzt seit zwei Wochen wieder da. Sie hat in dem Monat draußen wohl wieder mit den Drogen begonnen und eine Krise gekriegt. Heute durfte sie das erste Mal für eine halbe Stunde die Abteilung verlassen und in den Garten gehen, wo wir dann gequatscht haben. Ich wusste gar nicht, dass manche Leute hier nicht einmal in den Garten dürfen. Vielleicht sehe ich sie wieder. Vielleicht auch nicht. Das wäre auch okay. Wenn ich mit diesen Leuten spreche und über sie nachdenke, fällt es mir schwer zu akzeptieren, dass ich auch hierhergehöre. Auch wenn ich langsam akzeptiere, dass ich hierhergehöre. Wobei mir dieses Wort ohnehin Schwierigkeiten bereitet: *gehören.* Wohin oder zu wem *gehöre* ich denn? Ich sag es mit den Worten aus dem Sissi-Musical: Ich gehör nur mir. Egal, ob ich zu diesen Menschen hier gehöre oder nicht, langsam komme ich an. Ich habe meine Gruppe, mit der ich abends rauche, wir haben jetzt auch eine Kerze, die wir immer anzünden. Um 22:00 Uhr gehen wir dann alle zusammen zur Schwesternstation und holen unsere Tabletten. Dann gehen ein paar aus der Gruppe noch mal raus und rauchen, bis die Tabletten wirken und schließlich alle schlafen gehen. Weil ich so viel Zeit habe, bin ich übrigens heute zur Schwesternstation gegangen und habe mir die Namen und die Dosierungen meiner Tabletten aufgeschrieben, weil ich sie mir nie merken kann, aber doch wissen möchte, was ich da so bekomme. Venlafaxin (225 mg), das ist ein Antidepressivum. Pregabalin (600 mg auf den Tag verteilt) gegen die Angststörung. Zoldem zum Einschlafen. Und abends auch noch Seroquel XR (50 mg). Seroquel ist so ein Wundermittel, das gegen alles helfen soll. Das bekommt jede:r hier, egal welche Krankheit. Dürfte gerade voll im Trend liegen. Als ich so durch die Gänge des Krankenhauses gelaufen bin, ist mir immer wieder in den Kopf geschossen, dass ich ja in einem Krankenhaus bin. Es erscheint mir so irreal und unnormal, gleichzeitig fühlt es sich auch ganz normal an. Als wäre ich nie woanders gewesen. Ich bin erst wenige Tage hier und habe einen Alltag, Erinnerungen, Traditionen, Freund:innen. Ich bin schon viel ruhiger als in den ersten Tagen, auch wenn ich noch immer heftige Stressgefühle spüre: starkes Nägelkauen, Fingerklopfen, Zittern, unruhiges Umherlaufen, Armhaare ausreißen. Ich schreibe diesen Brief, weil meine Clique heute ausgeflogen ist. Als ich eben draußen im Garten war, saß niemand bei der Raucherbank und unsere Kerze brannte nicht. Darum habe ich ein Gedicht geschrieben:

participate
flirt with the woman who sells you the bread
talk with her
about
the weather
participate

*

Dear Nobody,
in meinen klugen Psychologie-Ratgeber-Büchern steht, dass eines der vier Grundbedürfnisse des Menschen *Kontrolle* ist. Das verstehe ich nicht, so angestrengt ich

auch darüber nachdenke. Ist es nicht das Schönste der Welt, Kontrolle abzugeben? Das schreibe ich dir und denke dabei darüber nach, ob du meinen Kühlschrank auch gelegentlich putzt. Beim Sex Kontrolle abzugeben, beispielsweise. Als ich mit 17 meine Reise durch Europa machte, um die besten Achterbahnen zu besuchen, da habe ich auch über Kontrolle nachgedacht. Ich liebe Achterbahnfahren so sehr, weil ich dabei meine Kontrolle abgebe. Nämlich an eine Stahlkonstruktion, der ich vertrauen muss, was gar nicht so leicht ist, man denkt ja während des Wartens immer daran, dass der Wagen, in dem man sitzt, rausknallt oder so, vor allem wenn man *Final Destination* gesehen hat. Während der Fahrt vertraue ich dem Konstrukt, den Bügeln und dem Menschen, der auf den Knopf drückt. Und kann in einem absolut sicheren Rahmen mit Gurten und Haltern meine Kontrolle abgeben. Das ist das schönste Gefühl der Welt. Das ist doch auch der Grund, warum der Mensch so gerne trinkt, warum ich so gerne trinke. Um Verantwortung abzugeben und nicht mehr diese durchdringende Sehnsucht nach Kontrolle zu spüren. Als ich damals heimlich deine Mails gelesen habe, ich schäme mich noch immer dafür, da wollte ich doch nur dein Leben kontrollieren. Als ich als Jugendlicher magersüchtig wurde, wollte ich mich selbst kontrollieren. Belügt sich die Psychologie da nicht, wenn sie sagt, dass Kontrolle zu den vier Grundbedürfnissen gehört? Wäre das Bedürfnis nicht eher Kontrollverlust? Sich dem Leben hinzugeben. Den Menschen zu vertrauen und sich nicht zu überwachen. Betrug nicht als Betrug zu verstehen, ich verstehe eigentlich gar nicht, was das heißen soll, dass du mich »betrogen« hast. Was hat das denn mit mir und uns zu tun, dass du Sex mit anderen hattest? In unserer Beziehung, in meinem Leben, in meiner Arbeit habe ich immer geplant und abgesichert und angesagt, das war bestimmt auch der Grund dafür, warum ich bei unseren SM-Spielchen lieber den unterwürfigen Part machte. Wenn ich hier rauskomme, möchte ich keine Ansagen mehr machen, keine Pläne, keine Absicherungen und Versicherungen mehr haben. Ich möchte heiraten und auf ewig versprechen, aber nicht nur einmal, und nicht nur mit einem und auch nicht für ewig. Ich möchte im Moment sagen, dass es für immer ist, aber später ist es vielleicht nicht mehr für immer, weil ich gerne Achterbahn fahre. Vielleicht war es gar nicht schlimm, dass du mich »betrogen« hast, vielleicht war es das Beste, was mir je passiert ist. Wenn ich aus der Psychiatrie rauskomme, falls ich jemals rauskomme, werde ich mich anders als bisher in das Leben werfen. Die Leute sprechen immer von »Vertrauen«, aber ich weiß gar nicht, was dieses Wort bedeuten soll. Auch mein Lexikon hilft mir wenig weiter. Wir haben gesagt, dass wir einander vertrauen, und das haben wir ja, auch wenn du mich belogen hast – und ich dich bestimmt auch. Zum Beispiel, als ich heimlich deine Mails gelesen habe. Und das Schlimmste für mich war damals, dass dich das gar nicht gestört hat, das hat mich verrückt gemacht, du hast nicht einmal mit der Wimper gezuckt. Was hattest du für eine Vorstellung von Beziehung, in der es okay ist zu betrügen, in der es okay ist, die Mails des anderen zu lesen? Was du jetzt wohl gerade machst. Es ist Sonntagabend, also bist du bestimmt noch müde von der gestrigen Nacht. Du warst gestern sicher auf einer Party und warst der Schönste und alle haben das bemerkt, nur du selbst nicht. Wie auch immer, ich möchte mich nicht mehr damit beschäftigen, über Möglichkeiten zu spekulieren. Ich gehe jetzt spazieren und kaufe mir ein Eis.

*

Dear Nobody,
wie findest du es eigentlich, dass ich dir drei Tage nicht geschrieben habe? Ich bin mir noch nicht so sicher, ob mir das gefällt, aber es ist ein Versuch. Heute war wieder einer dieser Tage. In der Ergothearpie habe ich eine Tontasse geformt, in der Therapie habe ich über irgendetwas geredet, die Ärzt:innen haben wieder gesagt: »Na, dann warten wir mal ab.« Die ganze Routine hier ängstigt mich langsam. Am Ende des Tages habe ich mich mit meinem Arzt-Patienten-Freund zusammengesetzt und geraucht. Es waren heute keine anderen Leute da und irgendwie war das gut. Ich versuche unser Gespräch für dich nachzuempfinden: Er saß da und zündete unsere Kerze an. Ich habe geraucht und sah dabei fabulous aus. Wie immer. Als ich so an meiner Zigarette zog, gerade dass ich keinen Zigarettenspitz verwendet habe. Ich schweife ab. Aus Resignation sagte ich: »Was machen wir hier eigentlich?« Und seufzte tief. Ich habe ihm, dem Namenlosen, der bestimmt einen Namen hat, aber bis jetzt hat ihn noch niemand ausgesprochen (vielleicht weiß hier niemand, wie er heißt), detailliert meinen Frust über meinen Alltag erzählt, meine Angst, hier falsch zu sein, jemand anderem ein Bett wegzunehmen, gleichzeitig auch die Angst, nie mehr gesund zu werden. »Andere Leute machen gerade etwas, arbeiten, lieben und ich bin hier in dieser Psychiatrie, nehme Medikamente, versuche, mit

meinem inneren Kind zu sprechen. Und aus Langeweile überlege ich, welche Art Brot ich gerne wäre (falls ich ein Brot wäre).« Ich seufzte, er schaute mich an und hörte gut zu. »Die Antwort ist übrigens: Walnussbrot.« Der Arzt-Patient lachte. »Willst du meine ehrliche Meinung hören?«, fragte er, der doch schon viel länger hier ist als ich und zu dem ich in den letzten Wochen ein gewisses Vertrauen aufgebaut habe. Er holte aus: »Die Therapeuten, die Ärzte, das Basteln und Turnen und so, das ist super. Aber das verwirrt auch, mir ging das auch so. Die ständigen Gespräche über die eigenen Probleme. Na klar, dass man da Probleme kriegt. Ich merke, wie akribisch du an dir arbeitest, ich beobachte dich, wenn du mit deinem Therapeuten redest und ihn regelrecht anschreist. Du willst wieder gesund werden, das sehe ich. Aber du darfst das Ziel nicht aus den Augen verlieren.« – »Was ist denn das Ziel?« – »Na ganz einfach, dass es dir wieder gut geht. Oder?« Ich verdrehte die Augen, seufzte: »Ich HASSE das Wort Ziel.« Er, noch immer ganz ruhig: »Dann verwende ein anderes Wort.« Ich zögerte, aber bevor ich etwas sagen konnte, hatte er mich ertappt: »Du machst gerne einen auf zynisch und distanzierst dich. Nimm mir das nicht übel, dass ich das sage. Du bist ein kluger Junge.« Er hat »Junge« gesagt! Ich errötete. »Du musst nicht gläubig, spirituell oder ständig ernst und ehrlich sein. Und ich finde deinen Humor beeindruckend.« Ich unterbrach: »Danke! Endlich spricht das mal jemand aus!« – »Sag mir doch einfach, was ist denn dein Problem?« Und dann habe ich meine Gesichtsmuskeln entspannt und aufgehört zu spielen. Ich habe sehr lange in die Nacht geschaut und überlegt. »Ich will nicht sagen, dass es mit einem Mann zu tun hat. Hat es auch nicht. Ich rede den ganzen Tag hier über meine Probleme, aber ich kann nichts sagen außer: Depression. Angst.« – »Ja.« Dann schwiegen wir lange, aber es war ein gutes Schweigen. Das D-Wort und das A-Wort. Wie hast du es nur mit mir ausgehalten damals? War ich denn damals schon so krank? Ich kann mich bei Gott nicht daran erinnern. Ich will nicht, dass die größte Krise meines Lebens mit einem Mann zu tun hat – und mit etwas Glück hat sie das auch gar nicht. Doch dieses Glück würde bedeuten, dass die Ursachen noch viel tiefer liegen. Ob ich mich dann nicht doch eher für den plumpen Liebeskummer entscheiden würde, weiß ich nicht. »Weißt du«, fing ich wieder an. »Ich will doch einfach nur einen Mann. Und dieser Mann schenkt mir einen Blumenstrauß. Und der Blumenstrauß besteht aus Chicken Nuggets. Und in einem Nugget ist ein Ring. Und ich nehme den Ring, lecke den Rest Panier und Fleisch ab, stecke ihn an und sage: *Ja, ja, ja. JA!* Ist das denn zu viel verlangt?« Wieder ein Lacher, wieder ein Punkt für mich. »Warum willst du denn unbedingt einen Mann? Ich verstehe dich ja, meine Frau hat mich verlassen. Und ich war in einer großen Krise, das war vor zwei Jahren. Aber ich habe viel daraus gelernt. Du brauchst doch keinen Mann, um komplett zu sein.« – »Danke, Oprah, *Eat, Pray, Love* habe ich schon gelesen.« (Habe ich nicht, keine Ahnung, worum es darin geht, ich denke mal um Frauen, die essen, beten, lieben, und zwar vor allem sich selbst.) »Ich verstehe schon: Liebe, Respekt und Kondome und dann funktioniert die Welt.« – »Darf ich dir einen Tipp geben? Ich will gar nicht deinen Therapeuten spielen, aber mir hat das sehr geholfen. Mach eine Liste mit deinen Zielen. Aber nicht die, die du erreichen willst, sondern die, die du schon erreicht hast. Und dann streiche sie durch. Sozusagen eine umgekehrte Bucket-List. Sagt man das: Bucket-List?« Ich nickte. Und trotz meiner automatischen Skepsis erschien mir der Vorschlag gar nicht mal so schlecht. Spoiler: Ich habe das nach unserem Gespräch gemacht. Das tat wirklich gut. Da stand: unbedingt studieren (und so cool sein wie die Student:innen, die den ganzen Tag nur Nudeln essen und Dienstagabend ein Bier trinken gehen). Konnte ich durchstreichen. Lieben. Konnte ich durchstreichen. Wilden, abgefahrenen Sex, von dem ich in meiner Pubertät nur träumen konnte, habe ich erlebt. Eine eigene Wohnung (mieten). Habe ich. Ich dachte kurz nach und sagte: »Weißt du, 30 ist auch so ein kompliziertes Alter. Die Hälfte meiner Freund:innen ist verheiratet und hat Kinder, die andere Hälfte ist bekifft. Und da muss man sich entscheiden, wie man sein Leben leben will. Will ich der Typ sein, der das und das macht. Will ich mal Kinder? Ich denke nicht, dass sich meine Gene vermehren sollten. In meinem Alter hatte mich meine Mutter bereits. Das ist ein Gedanke, den ich nicht begreifen will.« Und dann lachte mein Freund. Es war so ein väterliches Lachen und ich fühlte mich plötzlich wie sein Sohn, nur dass er ein Vater ist, mit dem man *gerne* Zeit verbringt. »Das ist alles nicht so wild mit den Entscheidungen, glaub mir, ich bin ja doch ein paar Jahre älter als du. Ich habe meiner Exfrau mal gesagt: Ich lebe so komisch, an manchen Tagen esse ich Salat und mache Sport. Und an anderen Tagen esse ich drei Pizzen. Und sie meinte darauf: Karl, das nennt man Balance!« Und mein Freund lachte und ich lachte noch viel lauter. Die Pointe mit der Balance war ganz witzig, die hatte seine Ex bestimmt am Tag davor auf Facebook gelesen, aber viel mehr lachte und freute ich mich über sein Outing: Karl! Na klar, Karl, der Arzt, der depressiv ist oder ein sogenanntes Burn-out hat. Karl! Karl übernahm noch einmal das Wort: »Genieße es, Single zu sein, sei egoistisch, mach Pläne und sage dann wieder ab. Und: Vergleiche dich doch nicht ständig mit den anderen.« – »Du kannst das leicht sagen, du bist ja auch schon 174 Jahre alt, KARL!« – »Vielen Dank dafür.« Ich sah ihn an: »Warum bist du eigentlich noch hier? Du scheinst schon so weit mit dir zu sein.« – »Ja, aber ich bin noch nicht fertig. Ich werde auch bald gehen und dann noch zwei Monate Reha machen. Ich will nicht, dass ich jemals in meinem Leben wieder so tief falle. Und das braucht Zeit. Das ist nicht in zwei Monaten gelöst. Die Ärzte sagten mir zu Beginn, dass die *Heilung* mindestens ein Jahr dauern würde.« In seinem Alter ist ein Jahr ja nicht so viel, aber bei mir? Ich will nicht ein Jahr lang in Kliniken und auf Rehas rumhängen. Wir quatschten dann noch länger über verschiedene Sachen, aber das waren die wichtigsten Sätze. Ich ging später teils glücklich, teils mit großen Fragen in mein Zimmer (in dem Michael schon schlief). Und in meinem Hirn pochte nur die Frage: Was ist eigentlich dein Problem? Ich glaube nicht, dass Glücklichsein einfach nur eine Entscheidung ist, wie es beispielsweise diese Leute behaupten, die sagen, dass ein Lächeln nichts kostete. Ich möchte ein Fazit über meine bisherige Zeit hier ziehen: Als ich hier ankam, war ich ein emotionaler Haufen. Heute bin ich ein emotionaler Haufen – aber ein bisschen mehr okay damit. Vielleicht ist mein Weg nicht so lang wie Karls. Vielleicht ist mein Weg hier auch schon bald zu Ende und geht woanders weiter. Man betrachtet hier immer nur Tag für Tag, aber wenn ich meinen Zustand mit dem vor einem Monat vergleiche, muss ich wirklich sagen, dazwischen liegen Welten. Wenn du jetzt hier bei mir wärst und mich fragen würdest, wie es mir geht, würde ich kurz überlegen und mit den Augen in mich hineinschauen, dann würde ich lächeln und mit einer hohen Stimme sagen: Gut. Gute Nacht.

*

Dear Nobody,
seit dem Gespräch mit KARL ist alles viel schlimmer geworden. Ich habe versucht, meine Offenheit und mein Interesse an den Geschichten anderer beizubehalten und kam durch Zufall mit Beatrice ins Gespräch. Hab ich dir von ihr erzählt? Beatrice ist eine wunderbare 55-jährige Lady, die Zigaretten isst und von Benzos abhängig war. Sie sagte mir, sie sei seit 30 Jahren bei den AA und gab mir ihre Handynummer. Ich könnte sie immer anrufen, wenn ich mal vorbeikommen möchte oder Hilfe brauche. Das ist die Psychiatrie. Zusammenhalt der Irren. Selbst Veronika, die stinkt und nie ihre Unterwäsche wechselt, wird hier akzeptiert und die anderen Patient:innen versuchen ihr hilfreiche Tipps mit auf den Weg zu geben, selbst wenn man bei Veronika das Gefühl hat: it's no use. Wie auch immer, hier gibt es einen Zusammenhalt, man grüßt sich, bringt sich gegenseitig Getränke oder Schokolade vom Supermarkt mit, schnorrt einander Zigaretten. Man achtet aufeinander – und jede:r merkt auch, wenn man gerade lieber alleine sein möchte. Die meisten merken es zumindest. Und Beatrice streckte ihre Finger nach meinem frischen Blut aus (auch wenn es nicht mehr ganz so frisch

ist). Ich erinnere sie an ihren zweiten Ehemann, sagte sie, der war auch schwul. Wir lachten. Und dennoch ging es mit mir bergab, trotz der Hilfsbereitschaft um mich herum. Und ich konnte es nicht kontrollieren. Ich hab gespürt, wie meine Stimmung abfiel, aber ich war wie gefangen darin. Ich bin zu Max gegangen und habe ihm davon erzählt, dass sich gerade in mir etwas tut, wovor ich Angst habe. Was soll ich sagen, wir haben eine Stunde lang gesprochen und das Gespräch endete damit, dass ich bei Dr. Speer einen neuen Therapeuten beantragte. Sie meinte, das sei okay, wenn es wirklich notwendig sei. Ich bekam eine Therapeutin aus einer anderen Abteilung, eine Frau, juhu! Sie war noch sehr jung, hatte schwarze Haare, einen sichtlich operierten Busen und volle Lippen. Louise. Ich habe mich sofort in sie verliebt. Wir waren füreinander bestimmt. Sie ist, im Gegensatz zu Max, der integrative Therapie praktizierte oder was er darunter verstand, Verhaltenstherapeutin. Das gefiel mir und schon in der ersten Sitzung kam sie mit Arbeits- und übertrieben pragmatischen Analyseblättern: Wie ist die Stimmung? Woher kommt sie (aus der Vergangenheit)? Was kann ich tun, damit sich etwas ändert? Wie geht es mir jetzt? Ich habe diese Blätter ausprobiert und fand sie toll. Aber obwohl meine Gefühle und Probleme aufgefangen wurden, ging es mir miserabel. Ich ging zu Dr. Speer und versuchte ihr das zu erklären. Das ist das Problem eines jeden Depressiven. Wie beschreiben? Mir fehlt etwas. Ich habe keinen Antrieb. Ich habe kein Problem, aber es geht mir nicht gut. Dr. Speer: »Wie sieht es mit Ihrem Ex aus?« Ich zögerte und sagte: »Kaum Kontakt.« Darüber lachte ich selbst ein wenig. »Aber ich glaube nicht, dass er das Problem ist. Ich meine, er ist ein Problem, aber nicht jetzt gerade. Es ist etwas anderes, es tut mir leid, es fällt mir sehr schwer, das zu beschreiben.« Sie war hart und verzog keine Miene, typisch, meine gute Dr. Speer: »Machen Sie sich erst mal keine Sorgen. Wenn es einen Notfall gibt, gehen Sie zur Schwesternstation und holen sich Ihre Bedarfsmedikation.« (Was ich auch machte: ein paar Stunden fliegen.) »Ich werde mit dem Chefarzt sprechen und dann mit Ihnen entscheiden, wie es weitergeht.« Das tat sie und am nächsten Tag kamen nicht nur sie und weitere zehn Statist:innen in weißen Kitteln in mein Zimmer, sondern der Chefarzt persönlich. Sie fingen mit der Visite bei mir an und ich war sehr genervt von Michael, weil er das Zimmer nicht verlassen hat. Na klar, er ist als Nächster dran, aber da werde ich dann auch rausgehen, das ist das Mindeste an Diskretion. Wie auch immer, Dr. Speer, zehn weiße Statist:innen, der Chefarzt, Michael und ich in einem winzigen Zimmer. Ich saß antriebslos und traurig auf meinem Bett und spielte noch ein wenig traurig, um endlich etwas mehr Aufmerksamkeit zu bekommen. Der Chefarzt machte sich groß: »Ich habe gehört, Sie haben wieder ein großes Stimmungstief. Wie lang ist der Patient schon hier? Dreieinhalb Wochen? Ich würde sagen, wir könnten ein anderes Antidepressivum ausprobieren. Anscheinend wirkt das – was haben wir hier? – Venlafaxin nicht bei Ihnen. Wir sind da schon bei der Höchstdosis angelangt. Haben Sie schon mal Cymbalta genommen?« – »Nein. Aber meine Mama nimmt das, falls das hilft.« 14 Leute lachen. »Dann werden wir in den nächsten Tagen sukzessive von dem einen zum anderen wechseln. Sie wissen, das dauert eine Zeit lang, bis sich Änderungen einstellen. Es können auch neue Nebenwirkungen auf Sie zukommen. Halten Sie uns einfach am Laufenden. Ist das okay für Sie?« Ich nickte. Und schon wendete die Meute sich Michael zu. Ich war noch etwas verblüfft, wie nach jeder Morgen-Visiten-Show, auch wenn ich es schon gewohnt bin, bin ich noch immer erschrocken über die Geschwindigkeit, die da an den Tag gelegt wird. Ich verließ das Zimmer. Und na ja, jetzt ist es ein paar Stunden später. Mein letzter Brief ist vier Tage her. Siehst du, wie antriebslos ich war? Ich habe dir vier Tage lang nicht geschrieben. Ich hoffe so sehr, dass Louise und Cymbalta meine neuen Heldinnen werden. Ich hoffe das Beste und erwarte das Schlimmste. (Was für ein schrecklicher Spruch.) Ich halte dich am Laufenden, keine Sorge.

*

Dear Nobody,
meine Zeit hier wirkt verschwommen, aber diese Verschwommenheit ist auch eine neue Klarheit. Der Arzt-Patient, mein Freund ohne Namen, der jetzt Karl heißt, hat in dieser ungewohnten Klarheit hier gesagt, dass die meisten Patient:innen nicht verstehen, dass sie niemand retten kann. Die Profis können dir nur helfen, dich selbst zu retten. Ich habe so oft darauf gewartet, dass ich gerettet werde. Du warst für mich der Ritter in der glänzenden Rüstung, der mich aus meinem Alltag gerettet hat. Schon damals spielte das D-Wort eine Rolle, auch wenn ich es noch nicht wusste. Das möchte doch jede:r, gerettet werden, darum heiraten alle. Max sagte Dinge wie: »Dein gesundes Ich und dein krankes Ich sollten sich gegenseitig mehr helfen.« Ich habe ehrlich versucht, auf mein »inneres Kind« zu hören, ja, nenn mich verrückt, aber das habe ich getan. Ich

habe aufgeschrieben, was das kleine Ich gerne machen würde, und ich liebe diesen kleinen Fratz. Er ist so viel cooler als ich. Was ist dazwischen nur alles passiert? Ich möchte kein angstfreies Leben. Ich ertrage die größten Spannungen und suche nur nach Wegen, diese Spannungen abzubauen, ohne dabei zum Messer zu greifen. Es kann sein, dass meine Krankheit chronisch ist, dass ich immer mit meiner Depression werde leben müssen, dass die nie wieder weggeht. Dass ich nicht mehr arbeitsfähig bin, nicht mehr fähig, eine Beziehung und Freundschaften zu führen. Zumindest gewöhne ich mich an diesen Gedanken, wenngleich ich auch hoffe, dass dieser Fall nicht eintritt. Die Krankheit ist bei vielen hier eine chronische. Louise sagt immer, ich soll kleine Schritte gehen, aber ich bin eher der Typ »laufen und hinfallen«. Meine Wut lasse ich vor allem an Louise aus. Ich erinnere mich gut, dass ich zu Beginn ein Gespräch mit ihr hatte, ich habe mich tausend Mal entschuldigt für etwas, das ich gesagt habe, es ging um die Suizid-Nacht, ich habe immer wieder gesagt, dass es mir leidtut, dass ich Louise den Tag versaue mit dieser Geschichte und dass sie es nur sagen solle, wenn sie diese ekeligen Geschichten nicht hören möchte – und Louise meinte: »Jetzt übernehmen Sie doch nicht meine Position. Sie können mir Dinge zumuten. Ich kann ja auch selbst entscheiden, wie ich damit umgehe. Sie haben nicht die Verantwortung für mich.« Da habe ich etwas kapiert. Heute ist es anders. Ich sage Louise offen, dass sie auch mal doofe Meinungen hat, ich lasse all meine Wut an ihr aus und das ist das schönste Gefühl, das ich seit langem erlebt habe. Danach schäme ich mich nicht. Ich denke nicht, dass ich das nicht hätte dürfen oder so. Louise darf mich hassen, Louise darf mich doof und arrogant finden. Es ist ihr Job. Und auf eine eigenartige Weise ist mir Louise so nähergekommen in ihrer therapeutischen Verschrobenheit, die permanent mit neuen therapeutischen Arbeitsblättern daherkommt. Gestern Abend kam Manuel mit einem Kumpel in den Garten, beide komplett zugedröhnt. Sein Kumpel war nur zu Besuch hier, wurde aber plötzlich auch zum Patienten, als er einen Asthmaanfall hatte und keine Luft mehr bekam. Mein Arzt-Patient-Freund Karl hat Erste Hilfe geleistet und ihn rüber in die Notaufnahme gebracht. Manuel hatte die größten Schuldgefühle, er erzählte, dass sein Kumpel eine kaputte Lunge hat und nur mehr sechs Monate zu leben. Das ist wirklich so passiert. Und die beiden waren so sauer auf die Welt, dass sie ganz viele Drogen, Alkohol und Zigaretten konsumierten. Ich verstehe die beiden jedenfalls sehr gut. Manuel, der größte Macho hier, mit einem Hakenkreuz auf dem Bein, hat nur mehr geheult, und ich nahm ihn in den Arm und habe ihn getröstet und er hat mich nicht mehr losgelassen. Später hat er mich gefragt, warum ich eigentlich keinen Freund habe, ich sei so ein toller Mensch. »Ich habe diese Position nur für dich frei gelassen«, sagte ich als Scherz und Manuel mit dem Hakenkreuztattoo lachte. Es stimmt nicht, was ich über den Zusammenhalt hier in der Psychiatrie geschrieben habe. Auch wenn Beatrice mir ihre Handynummer gab und mich zu den AA einlud, auch wenn sich alle um Manuel kümmerten, auch wenn man stolz auf seine neu gewonnene Freundin ist, die es schafft, eine Station mit der U-Bahn zu fahren, hier geht es nur um einen selbst. Und wenn man diese verfickte Klinik wieder verlässt, will man die anderen Patient:innen nie wieder sehen, da bin ich mir sicher. Ich werde Beatrice nie anrufen, ich werde mich schämen, dass ich einen Menschen mit Hakenkreuztattoo umarmt habe. Gerade sind diese Menschen meine Welt, aber wenn ich wieder in der echten Welt bin, möchte ich diese Menschen, die mich an diese bestimmte Zeit erinnern, nie wieder sehen. Vor allem Manuel nicht, der doch irgendwie Schuld an seinem Schicksal hat, wenn er sich ein Hakenkreuztattoo stechen lässt und seinen Kumpel mit kaputter Lunge zum Saufen anstiftet. Ich glaube eigentlich gar nicht an Schuld, aber wenn ich dir eine Tasse Kaffee über das Bein schütte, dann bin ich schuld daran, und wenn mein bester Freund bald stirbt und ich ihm Drogen gebe, ich weiß nicht. Du hast keine Schuld an meinem Zustand, ich bin einfach nur wütend auf dich. Und all die Männer, die mir erzählen, wie toll ich sei und warum ich denn keinen Freund habe. Manchmal stelle ich mir vor, wie wir uns gegenseitig verzeihen und eine nahe Distanz zwischen uns herrscht, die uns beide erfüllt. Und im nächsten Moment denke ich, dass das nie passieren wird. Nicht in dieser Welt. Und das ist traurig, aber auch okay. Ich würde dich so gerne anschreien, aber schreie nur Louise an und schreibe dir irgendwelche zusammenhanglosen Sätze mit einer 100-Euro-Füllfeder, die ich extra für diesen Zweck gekauft habe, mit dem Geld, das ich nicht besitze. Ich hasse es zutiefst, wenn meine Mutter sich für Dinge aus meiner Kindheit entschuldigt. ENT-SCHULDIGT. Um sich von der Schuld zu lösen und ich sage ihr, die Dinge sind passiert, wie sie passiert sind, du hast keine Schuld daran, dass ich so bin, wie ich bin, dass ich seit fast vier Wochen in einer Psychiatrie bin. Du kannst dich entschuldigen, aber ich werde darauf nicht »Macht nix« oder »Ich verzeihe dir« sagen. Diese Genugtuung kann ich dir nicht geben. Ich hasse es überhaupt, wenn Leute »Macht nichts« sagen. Es macht ja doch etwas. Krankes Ich und Gesundes Ich unterhalten sich und geben sich Ratschläge, aber sie finden nicht so recht zueinander. Vor ein paar Tagen war ich am Dach des AKH, da gibt es wohl einen »Geheimweg«, und habe über Wien gesehen. Das Riesenrad hat sich einfach so gedreht, als wäre nie etwas geschehen. Man darf seine Schlafmittel hier schon um 21:00 Uhr holen, und jeden Abend denke ich, ich mache das, und bin dann stolz auf mich, wenn ich es doch noch eine weitere Stunde aushalte, um nicht vor dem Tag zu flüchten. Und mir fehlt die Sprache. Meine kleinen Worte prallen mit großen Worten aneinander wie »loslassen«. Ja klar, loslassen lernen, das müssen wir alle. Nur, dass Loslassen kein aktiver Vorgang ist. Louise meint, der erste Schritt zum Loslassen sei Akzeptanz. Es tut mir leid, ich kann mit dieser Sprache nichts anfangen. AKZEPTANZ – was soll das sein? In der Therapie verwende ich diese Worte, als gäbe es dabei keine Scham, aber schreibe ich sie dir schwarz auf weiß, so stelle ich fest, keines dieser Wörter reicht. Vielleicht bin ich an einem ganz falschen Ort hier. Ich möchte einfach nur meine Medikamente bekommen und meinen Kram machen und nicht über das Selbst und die Psyche sprechen, das schränkt mein Denken so ein. Liebe. Ja, Liebe. Alle sind hier und erzählen von den großen Lieben, die sie verlassen haben, und ich bin einer von denen. Dabei will ich diese Rolle gar nicht spielen.

*

Dear Nobody,
heute lag ich im Garten und habe auf das Dach der Abteilung geschaut. Es ist nicht sonderlich hoch, dennoch habe ich permanent darüber nachgedacht, da einfach hochzuklettern und runterzuspringen. Wahrscheinlich wäre ich gar nicht tot, nur querschnittsgelähmt. Und so funktioniert der Selbstmord nicht, so machen es nur die Leute, die es falsch machen. Selbstmord ist ein harmloses Vergnügen, das geplant sein muss und zelebriert wird. Ich möchte mich hier nicht für das Recht auf Selbstmord einsetzen, da gibt es Leute, die das besser können. Beim Selbstmord darf das Erotische nicht fehlen: das heimliche Sammeln der Pillen, die Wahl des Messers, die Versuche, an eine Waffe zu kommen, das ist das Spannendste daran. Man bringt sich nicht einfach so um. Ich könnte da seitenweise Anleitungen veröffentlichen. Du kennst mich ja gut und eigentlich muss ich dir nicht sagen, dass ich Erfahrungen aus meinem Leben gerne zu Geschichten mache. Wenn ich einen Fisch fange, der 40 cm lang ist, ist er in meiner Erzählung einen halben Meter lang. Und beim fünften Erzählen ist der Fisch bereits einen Meter lang. Ich mache das gar nicht, um anzugeben, sondern um die Leute mit meinen kleinen Anekdoten zu erheitern. Da muss man die eine oder andere Pointe übertreiben oder dazuerfinden, sonst sind diese Geschichten doch alle unendlich lähmend. Dazu stehe ich. Und ich sage das, weil das, was jetzt kommt, ehrliche 40 cm sind, kein Zentimeter ist dazuerfunden, ehrlich. Und um ehrlich zu sein, bin ich auch etwas aufgeregt, dir das mitzuteilen, was ich dir jetzt schreiben werde. Vielleicht hat dir Erika das ja alles schon erzählt, sie ist die Einzige, die das weiß, vielleicht aber

auch nicht. Selbst meinen Ärztinnen und Pflegern und meinen Therapeut:innen habe ich das nicht erzählt, denn immer, wenn ich davon erzählen möchte, bekomme ich eine Panikattacke und kann nicht mehr sprechen, und dann geben sie mir ein leckeres Seroquel oder zwei, das mich für ein paar Stunden beruhigt. Die Geschichte also: Es geht um *jenen* Abend, ja. Zuerst wollte ich dir ja nichts davon erzählen, aber ich habe ein so großes Bedürfnis, mich bei dir zu entschuldigen, und die einzige Entschuldigung, die etwas bedeutet, ist dir sachlich zu erzählen, was in dieser Nacht passiert ist. Hier in der Psychiatrie macht man einen Unterschied zwischen Selbstmordversuch und selbstverletzendem Verhalten mit suizidaler Absicht. Das ist deren Sprache, meine ist eine andere. Ich wollte in dieser Nacht nicht um deine Aufmerksamkeit betteln, auch wenn es vielleicht so wirkte. Vielleicht war das ein kleiner Teil meiner Absicht, aber es war nicht die primäre Motivation. Nein. Ich wollte mich töten. Oft waren es nur Spiele und Illusionen, nicht aber in dieser Nacht. Und ich war so besoffen, dass ich nicht mehr wusste, was es bedeutet, dir das zu sagen. Ich wollte mich töten. Und auf eine Art bin ich froh, dass ich es überlebt habe. Auf der anderen Seite bin ich enttäuscht von mir, dass ich nicht einmal das hinbekommen habe. Du bist dieser Welt so fern, dieser dunklen, deswegen möchte ich es dir genau erklären. So ein Selbstmord ist nicht so einfach und romantisch, wie man es sich vorstellt oder in Filmen sieht. Ein Selbstmord ist vor allem ekelig, er ist hart und tut weh. Einen sanften Selbstmord gibt es nicht, nicht mal mit Tabletten, der Körper wehrt sich immer, bei jeder Art von Versuch. Bei mir war es so. Mir war schon beim Aufwachen klar, dass ich es machen würde. Das war etwa um 14:00 Uhr, getan habe ich es gegen 23:00 Uhr. Ich habe sehr viel getrunken. Du weißt, wie es ist, wenn ich viel trinke, und an dem Tag war es das doppelte. Deswegen kann ich mich auch nur fragmentarisch erinnern, aber vielleicht ist das auch gut. Es tut mir weh, davon zu schreiben. Aber ich möchte das. Ich habe Tabletten gesucht, um mich zu betäuben. Ich habe einige Ibuprofen, Aspirin und Paracetamol genommen, alles, was ich noch gefunden habe, um mich zu betäuben, ich kann mich nicht mehr genau erinnern, aber insgesamt dürften es wohl 20 Tabletten gewesen sein. Und, welch ein Wunder, ich habe mich nach einiger Zeit nicht mehr gespürt. In diesem Zustand habe ich dir wohl die letzten Nachrichten geschrieben, die ich bis heute nicht mehr gelesen habe, weil es mir zu sehr weh tun würde, mich an diese Gedanken zurückzuerinnern. Ich habe versucht, mir die Arme aufzuschlitzen. Und es ist die Pointe meines Lebens: Ich habe es einfach nicht geschafft. Ich habe geblutet wie Sau, alles war voller Blut, das Sofa, der Tisch, der Boden, vor allem ich. Die Wunde, die noch nicht komplett verheilt ist, war in etwa 20 cm lang und mit Sicherheit zwei cm breit. Mein Fleisch klaffte da raus, da war auch weiße Flüssigkeit, von der ich nicht zu sagen weiß, was es war. Und wie gesagt: sehr viel Blut. Ich habe geheult ohne Ende, vor allem, weil ich es nicht hingekriegt habe, zu sterben. Ich glaube, dass ich eingeschlafen bin, bis es an meiner Tür geklopft hat, viel zu laut dafür, dass es eine:r meine:r Freund:innen sein hätte können. Ich habe Erika gehört, die lauthals geheult hat, und Männerstimmen. Ich war total benommen und habe die Tür geöffnet, und ohne Scheiß, da waren mindestens vier Polizisten.

In meiner Erinnerung sind es noch mehr, sechs oder acht, ich glaube, in Wirklichkeit waren es vier. Vier! Vor meiner Wohnung standen zwei große Polizeibusse (und übrigens kein Krankenwagen). Alle Polizisten kamen in meine Wohnung und ich wollte mir drei Zigaretten gleichzeitig anstecken. Ich habe mit Zigarette eins begonnen, aber der ekligste Polizist von allen hat mir gesagt, ich solle das lassen. Er hat mich sehr eingeschüchtert, an diesen Moment kann ich mich genau erinnern, denn ich habe überlegt, ob es wohl ein Gesetz gibt, das es verbietet, in der eigenen Wohnung zu rauchen. Das habe ich gedacht. Warum hätte er es mir sonst in meiner eigenen Wohnung verbieten sollen? Immerhin war er ein Gast. Und hat sich nicht mal die Schuhe ausgezogen. Okay, das war jetzt ein Scherz. Wie auch immer, ich war verwirrt, aber das wärst du auch gewesen, in diesem Zustand, wenn auf einmal eine Schar großer, muskulöser Männer mit eigenartigen Haarschnitten, Waffen und Uniformen und eine heulende Erika in deiner Wohnung stehen würden, und du dir nur denkst: Jetzt bereue ich es doppelt, dass ich gerade nicht gestorben bin. Das Nächste, woran ich mich erinnern kann, ist, dass nur mehr zwei Polizisten in meiner Wohnung waren, Erika und die anderen waren wohl gegangen. Auch hier kann ich mich an einige Momente sehr gut erinnern. Vor allem daran, dass der Polizist meinte, dass sie mich nicht mitnehmen müssten, weil nichts passiert sei, aber dass es ihnen lieber wäre, ich würde freiwillig mitkommen (ins Krankenhaus). Und ich weiß noch, dass ich felsenfest dazu entschlossen war, nicht mitzukommen. Und die zwei haben mich mit ihren Polizisten-Hokuspokus-Techniken dann doch dazu gebracht, dass ich »freiwillig« mitgehe. Wobei das eine Stunde permanentes auf mich Einreden bedeutet hat. Die haben sich immer auf ihr eigenes Gewissen rausgeredet und Sachen gesagt wie: »Ja, aber wenn Sie sich jetzt doch etwas antun wollen, dann kriegen wir Schwierigkeiten.« Ist mir eigentlich total egal, ob ihr Schwierigkeiten bekommt oder nicht, es geht hier nur um mich. Du merkst, wie aufgeregt ich gerade bin, meine Schrift ist ganz verzittert, jetzt schreibe ich alles auf und dann kannst du eh nichts davon lesen. Wie auch immer. Ich habe mich rumkriegen lassen und bin mitgefahren. Ich habe heimlich eine Flasche Jägermeister mitgenommen und im Polizeiauto getrunken, darauf war ich sehr stolz. Im Auto habe ich mit den Polizisten geflirtet, der Schmerz war wie weg, ich war auf einmal der Star. Das gebe ich nicht gerne zu. Ich habe die Polizisten gefragt, wie viel sie verdienen und ob sie verheiratet seien und ob es auch schwule Polizisten gebe. Im Krankenhaus habe ich eine halbe Stunde auf einen Arzt gewartet. Mit dem habe ich drei Minuten geredet, er hat mir Temesta verschrieben gegen die Panikattacken, und ich habe versprochen, dass ich mich nicht umbringe. Dann war das vorbei. Es war mittlerweile ca. vier Uhr nachts. Dann habe ich gefragt, wie ich jetzt nach Hause käme, die Polizisten seien ja schon weg, und er meinte, da müsste ich mich selbst darum kümmern. Na super, ich war in einer Psychiatrie eine halbe Stunde Autofahrt von meiner Wohnung entfernt. Obwohl ich kein Geld hatte, habe ich ein Taxi bestellt, es war immerhin ein besonderer Tag, und im Taxi habe ich mich die ganze Zeit nur gefragt, warum ich Idiot überhaupt mitgefahren bin. Das war so erniedrigend. Und ich habe mich geärgert, dass ich nicht einfach gestorben bin.

Irgendwann stieg ich noch immer verheult und blutverschmiert aus dem Taxi und vor meiner Wohnung saß Erika. Erika, diese wunderbare Frau. Sie sah noch verheulter aus als ich, und als wir uns umarmten, wusste ich gar nicht, wer hier wen tröstet. Wir gingen in die Wohnung und sprachen noch ewig. Dabei dachte ich die ganze Zeit nur an dich. Du hast Erika zu mir geschickt. Du hast mir wirklich geglaubt, dass ich dem Ganzen ein Ende setze, und hast Hilfe geholt. Vielleicht sogar die Polizei gerufen, vielleicht war das auch Erika, das weiß ich nicht. Und du selbst bist nicht gekommen. Zu der größten Party, die ich jemals veranstaltet habe. Ich weiß nicht, ob ich dir das übel nehmen kann, die Gäste waren auch nicht in der besten Partylaune. Mein Körper zitterte und er zittert auch jetzt. Ich habe so lange nicht mehr an diesen Abend gedacht, ich hätte diese Erinnerung so gerne einfach vernichtet. Aber das klappt nicht. Sie möchte erzählt werden. Und mit der Erzählung, dieser Geschichte, diesem 40-cm-Fisch, ist mir immer noch nicht klar, wie ich das bewerten soll. Ist es mein größtes Scheitern, weil ich es nicht geschafft habe? Bin ich gerade noch heil aus der Sache rausgekommen und gerettet worden? Wäre ich gestorben, wenn Erika nicht gekommen wäre? Es ist nichts davon, weder das Scheitern noch das große Glück. Es war eine Erfahrung, die ich jetzt in mir trage, und die Narbe auf meinem Arm erinnert mich jede Sekunde daran. Ich möchte nicht mehr Entschuldigung sagen, ich habe das so satt, deswegen werde ich das jetzt auch nicht machen. Und ich werde auch nicht Danke sagen, dass du mich »gerettet« hast. Ich werde einfach gar nichts mehr sagen. Ich werde dich nicht fragen, ob du geweint hast. Oder ob du danach einfach ein Bier getrunken hast und weiter deinen Dingen nachgegangen bist. Es spielt auch gar keine Rolle mehr. Es ist erst ein paar Wochen her, aber es scheint mir wie Jahre. Nicht, dass meine Probleme jetzt alle gelöst wären, ganz und gar nicht, aber dieses Feiern, das Zelebrieren meines eigenen Todes, diese Stimmung, diese Vorfreude auf ein Nichts, das werde ich nie wieder vergessen, auch wenn ich mich nie wieder umbringen werde. Oder es nie wieder versuchen werde. Und auch, wenn doch. Dann wird es vielleicht wieder dieses Gefühl geben. Oder vielleicht nicht. Ich möchte ehrlich sein. Das war der schlimmste Tag in meinem ganzen Leben. Und dennoch denke ich mit Freude daran zurück. Mir war alles egal, es ging nur mehr um mich. Nichts spielte mehr eine Rolle. Und für einen Augenblick hatte ich keine Angst mehr. Ich werde diesen Brief nicht liegen lassen, sondern gleich einwerfen, ohne ihn nochmals zu lesen. So hat meine Geschichte hier begonnen und damit kann sie auch gerne enden. Ich will dir nicht mehr schreiben. Und dieses Mal meine ich es wirklich ernst. Nach dieser Nachricht gibt es nichts mehr zu sagen für uns beide. Für dich schon lange nicht mehr und für mich auch nicht mehr. Danke, dass du mir so geduldig zugehört hast, aber nun gibt es nichts mehr zu sagen, ich muss nun neue Briefe an neue Leute schreiben. Bist du traurig, dass die Kette der Nachrichten und Briefe nun ein Ende hat? Oder bist du erleichtert? Ich werde dir nicht mehr schreiben, nie mehr. Es ist alles gesagt. Kein Wort mehr, kein Blick zurück, jetzt. Lebe wohl, mein Prinz.

DRITTER TEIL

Dear Nobody.

Ich finde keine Sprache, die meine Gedanken, meinen Intellekt und meine Gefühle ausdrücken könnte. Kein Wort scheint richtig, sowohl im Gespräch mit Ärzt:innen als auch in meinem Schreiben. Deswegen schreibe ich einfach. Hast du gewusst, dass man nach der neuen Rechtschreibung »Dekolletee« schreibt und nicht mehr »Dekolleté«? Das steht so in meinem Lexikon. Und auch wenn ein doppeltes »e« seinen Reiz hat, präferiere ich die Version der alten Rechtschreibung. Ich will nicht an alten Werten festhalten, denn die Zeit war nie besser. Und dennoch hänge ich der Vergangenheit nach. Das beschäftigt mich gerade sehr: die Vergangenheit.

Ich lehne die Psychoanalyse aus tiefstem Herzen ab. Ich denke, meine Träume sind nicht Zeichen einer unterdrückten Sexualität, vielmehr sind meine Träume, auch die sexuellsten, und zwar vor allem die, eine Verarbeitung der gesellschaftlichen Strukturen, in denen ich mich befinde, die meist auf den Kapitalismus zurückzuführen sind. Aber streite dich darüber mal mit jemandem in der Psychiatrie. Die Psychologie ist hier die höchste Göttin. Nur mit meinem »Psychoanalytiker« kann ich tatsächlich darüber streiten und er ist so liberal, meine Ansicht zu respektieren und teilweise sogar zu verstehen. Er hat mir neulich das Gedicht »Stufen« von Hesse empfohlen und ich meinte: »Ach, das hab ich schon gelesen, da haben Sie noch Ihre Dan-Brown-Comics gelesen.« Mit Hesse will ich wirklich nichts zu tun haben, noch weniger als mit Freud. Stelle dir mal vor, ich würde die »Stufen« lesen, ein absurdes Bild oder? Ich sitze da mit einer Tasse Tee in einem Ohrensessel, rauche Zigarre, mein Penis hängt aus meinem Bademantel und ich massiere ihn im Rhythmus von Hesses sinnbefreiter Lyrik.

Das Leben verläuft zyklisch, nicht linear, das habe ich eben kapiert. Und dass ich mir dieselben Fragen stelle, die ich mir schon mein ganzes Leben beantworten musste, nur dass sie heute neue Antworten verlangen. Es gibt diese Frauen, du kennst sie bestimmt, die sich mit Mitte 20 einen Haarschnitt zulegen – und den bis zu ihrem Tod behalten. Das sind auch oft diese Frauen, die mit Mitte 50 noch immer blaue Wimperntusche tragen, weil das in ihrer Jugend in war. Ich möchte ganz viele Haarschnitte in meinem Leben haben und meine Wimpern sollen viele verschiedene Farben tragen dürfen. Falls du es nicht gemerkt hast: Haarschnitte sind hier eine Metapher.

Ich lerne zu genießen, Rezipient zu sein. Ich habe nicht mehr diesen unstillbaren Produktivitätsdrang, sondern kann wieder 20 Seiten eines Romans lesen, ohne dazwischen Rauchpausen zu machen oder jemandem eine Nachricht zu schicken. Auch mein Drang, diese Mitteilungsliteratur zu fabrizieren, verblasst allmählich. Mein Zeitgefühl ist außer Kraft getreten. Ob es um meinen Aufenthalt hier geht, um Verliebtheit, um einen guten/schlechten Film oder um das achtstündige Warten auf einen Zug auf einem indischen Bahnsteig, es findet eine Veränderung des Zeitgefühls statt. Wo ist die Absichtslosigkeit? Wo der zwanglose Umgang mit der Zeit? Lass mich die Pflicht, die Zeit zu nutzen, ihr etwas abzugewinnen, für einen Moment suspendieren. Keine ökonomische Auswertung von Lebenszeit mehr.

Ich bin nun genau acht Wochen hier, acht, wieder eine Zahl, die etwas bedeuten soll. Und wie du merkst, habe ich es geschafft, meinen Laptop aufzuklappen, auch mein Handy habe ich wieder eingeschaltet. Es ist eigenartig, dir eine E-Mail zu schreiben, einerseits wegen all der handgeschriebenen Briefe, die ich einzeln zur Poststelle gebracht habe, um sie dir zu schicken, andererseits, weil ich Emails hasse. Ich habe wieder einen neuen Therapeuten, einen angehenden Psychoanalytiker, Manfred, hübsch, blond, jedenfalls saß er bei mir im Zimmer, als ich nach Wochen zum ersten Mal wieder in mein Mailprogramm gesehen habe. Es war nicht so schlimm, wie ich gedacht hatte, aber schon schlimm. Panikattacke, aber nur leicht. 123 ungelesene Mails. Das meiste unwichtig. Jetzt sitze ich hier an meinem Schreibtisch in dem kleinen Zimmer und schreibe Emails. Michael ist nicht mehr da, er wurde frühzeitig entlassen, ein trauriger Fall. Jetzt ist hier Herr Badinger, wir siezen uns, er ist alt und alte Schule. Er hat eigentlich Krebs, ist aber hier gelandet, weil ihn die Diagnose in eine tiefe Depression gestürzt hat. Herr Badinger redet kaum, weder mit mir noch mit den Ärzt:innen. Er liegt den ganzen Tag einfach nur da. Auch jetzt, während ich einen Meter von ihm entfernt an dem kleinen Schreibtisch sitze.

Egal ob glücklich oder unglücklich, frei oder unfrei, ich möchte das Diktat der Uhr missachten. Die Geschäftigkeit beruht auf der Ökonomisierung sämtlicher Lebensbereiche. Alles wird im Kontext der Produktivität begriffen, auch ich, auch du, und vor allem: wir. Was hat Liebe schon für einen Nutzen? Liebe ist im idealsten Fall zweckfrei. Auch die Psychologie ist mir zu zweckorientiert. Sie möchte Ziele. Ich möchte Aufgaben.

Die Psychologie und ich werden keine guten Freundinnen, die abends bei einem Glas Rotwein Poker spielen, nein, niemals. Ich habe hier in der Klinik viel über die Vergangenheit gesprochen, nicht nur über unsere, sondern auch über die Vergangenheit, die davor vergangen ist. Speziell: über meine Eltern. Die Psychologie will mir helfen zu begreifen, warum ich so bin, wie ich bin. Die körperliche Angst, die muss ja irgendwo herkommen. Man sagt, meine Eltern hätten mir zu wenig Grenzen aufgezeigt. Mit dreizehn Jahren war ich das erste Mal bis Sonnenaufgang in einem Club. Das war schön, und natürlich hat das meine Mutter gemerkt, und das Einzige, das sie zu sagen hatte, war: »Beim nächsten Mal kommst halt ein bisschen früher nach Hause.« Wie sehr ich es hasse, wenn Menschen in ihren Sätzen das Wort »halt« verwenden, es stellt nur die Unsicherheit in der Artikulation ihrer Gedanken dar. Es geht wahrscheinlich nicht um Schuldzuweisungen, denn die Eltern haben ja sowieso immer Schuld, dass wir so sind, wie wir sind. Schuld ist mir egal. Mir reicht das nicht, um mich zu begreifen. Die äußeren Bedingungen und die gesellschaftlichen Umstände sind mindestens genauso schuld an mir, wie es meine Eltern sind. Ich will jetzt nicht wieder das Wort Kapitalismus verwenden, aber doch. Ich will nicht mehr arbeiten und mir einen Job suchen, nein, niemals. Ich habe Referenzen, ich habe einen Lebenslauf, Zeugnisse, zwei abgeschlossene Studien, das alles scheint so messbar.

Diese Mail ist schon recht lange, ich wollte gar nicht so viel schreiben, aber eine Sache habe ich dir noch zu erzählen: Montag, Mittwoch, Freitag habe ich morgens Therapie mit Manfred. Dienstag und Donnerstag Ergotherapie. Mein Ergotherapeut Fritz ist ein Arschloch, er wirkt wie jemand, der beim Essen stolz erzählt, dass die Bäckchen beim Fisch das Beste sind, und sie dann tollpatschig aus dem toten Fischkopf nimmt und den Gästen anbietet und fragt: »Na, köstlich, oder?« Er ist also ein Mann. Ich habe eine hässliche Tasse aus Ton geformt, einen hässlichen Korb geflochten, ein hässliches Bild gemalt und jedes Mal die Frage von Fritz: »Was macht das mit Ihnen, dass Sie nicht zufrieden sind mit Ihrem Werk?« Und ich habe mich wie ein Kindergartenkind gefühlt, total blockiert. Ich gehe trotzdem noch hin, damit ich einen Alltag hier habe, aber therapeutische Wirkung hat das kaum. Dafür ist der Kurs zu paternalistisch. Montag, Mittwoch und Freitag Gesprächstherapie, Dienstag und Donnerstag Ergotherapie, Montag bis Freitag Visite der Ärzt:innen, Montag und Donnerstag Physiotherapie, wo lauter alte Menschen versuchen, ihre Zehen zu berühren. Dann gelegentlich Gärtnern und jeden Morgen Frühaktivierung, Basketball spielen und so weiter. Ich habe mich für alles angemeldet und plötzlich ist er da: der Alltag. Das Wochenende ist immer ganz schlimm, da gibt es gar kein Programm. Ich gehe auf Ausgang und kehre dann in mein einsames, steriles Zimmer zurück. Alltag. Das soll therapeutisch sein, wenn man Struktur hat. Kognitives Training jeden Tag um 13:00 Uhr, da löse ich auf einem Computer kleine Rätsel und werde von der Therapeutin permanent gelobt, wie überdurchschnittlich gut ich abschneide. Und dennoch habe ich mich letztens zutiefst geärgert, als ich ein Rätsel nicht lösen konnte. Tim hat zum Geburtstag eine neue Autorennbahn erhalten. Er und sein Freund Tom fahren sofort ein Rennen. Doch der rote Rennwagen braucht zwei Sekunden länger als der blaue Rennwagen, der für eine Runde genau sieben Sekunden benötigt. Wie lange müssen die Jungs ihren Joystick gedrückt halten, damit beide Autos wieder gemeinsam durch das Ziel fahren? Unter Zeitdruck konnte ich es nicht errechnen und auch jetzt, wo ich den Lösungsweg bereits kenne, verstehe ich gedanklich nicht, wie man das ausrechnen soll. Das hat mich tagelang beschäftigt und tut es noch. Es ist eine simple Rechnung, die ich einfach nicht verstehen will. Also Visite, Gesprächstherapie, Ergotherapie, Gärtnern, Kognitives Training, Frühaktivierung, Physiotherapie, alles von Montag bis Freitag, alles sogenannter Alltag, sogenannte Struktur. Jede Woche aufs Neue. Seit genau acht Wochen bin ich hier und es fühlt sich an, als wäre ich nie woanders gewesen. Dieser Alltag ging schnell in Fleisch und Blut über. Und jetzt: Ich plädiere für die Abschaffung der Wochentage. Garfield hasst Montage, alle hassen Montage, weil man angeblich Zeit braucht, um wieder in die Arbeit zu starten. Mittwoch ist man wieder angekommen, Donnerstag ist fast schon Wochenende. Dann dieses Wochenende, Samstag und Sonntag, Zeit zum Entspannen, du weißt, ich habe Sonntag schon immer gehasst. Sonntage sind nur dazu da, sich einsam zu fühlen. Die Abschaffung der Wochentage. Wie soll das funktionieren? Gut, dass du fragst. Ich möchte jedem Tag einen neuen Namen geben. Nenn mich kitschig. Ja, kitschig und pathetisch, aber so ist es doch: Jeder Tag ist ein neuer. Ich habe mir gestern auf meinem Finger ein Tattoo stechen lassen mit sieben Strichen, eine Erinnerung, dass die Sieben-Tage-Woche nur ein Konstrukt ist. Meine Ärzt:innen haben mich gefragt, ob sie sich deswegen Sorgen machen sollten. Ich sagte: »Nein.« Ich möchte diese dröge, alltägliche Struktur komplett aufgeben, sie verwerfen. Etwas Neues schaffen. Den Tag heute Julia nennen, nicht Dienstag, und morgen ist Fatih und nicht Mittwoch und niemals wird sich auch ein Name nur wiederholen. Und gehen uns die menschlichen Namen aus, haben wir Wörterbücher und Sprachen voller Namen für die Neugeburt eines jeden Tages.

»Was die Macht in erster Linie auferlegt, ist ein Rhythmus (von allem Möglichen: des Lebens, des Denkens, des Diskurses)«, sagt Roland Barthes. Ich habe die starke Vermutung, dass die Zeit nicht linear ist. Ich vermute, dass alles gleichzeitig passiert, eine chaotische Ewigkeit. Schon Augustinus hatte Probleme, über die Zeit zu schreiben – und viel hat sich seither auch nicht verändert. Wer kam eigentlich auf die Idee, einer Minute 60 Sekunden zu verleihen? Also ich war es nicht.

Dann der Rhythmus der Getränke. Beim Aufstehen um 6:00 Uhr der erste Kaffee. Vor dem ersten Kaffee hasse ich alle und alles, nach dem ersten Kaffee hasse ich noch immer alle und alles, aber es ist okay. Zum Frühstück um 7:30 Uhr gibt es immer ein 0,2 Liter großes Pago in verschiedenen Sorten, am liebsten habe ich Multivitamin, Pfirsich schmeckt mir gar nicht. Am Vormittag folgen dann noch zwei bis drei weitere Kaffees. Und viel Wasser, seitdem ich hier bin, trinke ich literweise Wasser. Als Sonderklasse-Patient, der ich ja bin, weil meine Eltern so eine Zusatzversicherung für mich zahlen, bekomme ich jeden Tag zwei Flaschen Mineralwasser, die gewöhnlichen Patient:innen müssen Leitungswasser trinken. Nach dem Mittagessen wieder zwei, drei Kaffees. Aber nur bis 16:00 Uhr, danach dürfen wir keinen Kaffee mehr trinken. Der Kaffee wird weggestellt und stattdessen gibt es Tee, ich trinke dann oft noch eine Kanne Grüntee und ab 20:00 Uhr vor dem Schlafengehen eine Kanne Schlaf- und Nerventee. Die Dramaturgie der Getränke. Und selbstverständlich keinen Tropfen Alkohol. Ich habe das nie verstanden, warum man sich immer auf ein Getränk trifft. Ob Alkohol oder Kaffee oder vielleicht sogar nur eine Limo, du hast dir immer Limos gekauft beim Kiosk, und die Leute treffen sich und reden dann über ihr Leben und ihre Probleme. Und das ist nicht nur in unserer Kultur so, sondern in jeder Kultur: Wenn man keinen Alkohol trinkt, ist es eben Tee, den man sich literweise reinkippt, um gesellschaftliche Ereignisse zu legitimieren. Cola trinke ich auch oft, die kaufe ich hier im Krankenhaus-Supermarkt, aber ich muss immer aufpassen, dass ich davon nicht zu viel trinke, ich habe durch die Medikamente schon ein paar Kilo zugenommen. Das passiert allen hier. Die Medikamente schlagen aufs Gewicht. Und das Krankenhausessen, das immer mit Suppe und Dessert daherkommt, auch.

Wie das mit den Feiertagen wird, fragst du? Das weiß ich noch nicht. Wenn wir die Wochentage abschaffen, dann gibt es vielleicht keine Feiertage mehr, keine Geburtstage, kein Weihnachten, kein Ostern mehr. Es ist doch auch eigenartig, dass Ostern keinen festen Termin hat, sondern immer die Quadratwurzel aus den Sonnentagen minus der Anzahl guter Christen gemischt mit einem Froschschenkel nach Weihnachten ist. Oder so. Ich habe keine Ahnung, wann Ostern wirklich ist, ich bin jedes Mal überrascht. Nein, es wird vielleicht keine Feiertage geben nach der Abschaffung der Wochentage, vielleicht ist dann jeder Tag ein Feiertag, und Geburtstage habe ich immer schon gehasst. Die Absurdität der Namenstage: Hast du jemals deinen Namenstag gefeiert? In Österreich ist das vielleicht mehr ein Ding als in Deutschland. Ich erinnere mich genau an die Zeit, als ich meine erste Uhr geschenkt bekommen habe. Eine Flik-Flak Uhr – die war bis zu fünf Meter Tiefe wasserfest! Und plötzlich gehörte ich ihr an: der Gesellschaft der Erwachsenen. Bei jedem Klavierunterricht war ich zu spät, da meine Eltern das Diktat der Uhr nicht ernst genommen haben, das bewerte man, wie man will. Nun konnte ich plötzlich selbst mitreden: In zehn Minuten muss ich beim Klavierunterricht sein. Mit dieser Uhr begann ich, eine Verantwortung für mein Leben zu übernehmen, die ich eigentlich insgeheim und unbewusst davor schon hatte, doch dieser Moment zeigte es. In der chaotischen Erziehung meiner Eltern gab es plötzlich einen messbaren Faktor, den ich als Argument verwenden konnte. Und seit diesem Geschenk bin ich in meinem Leben vielleicht zwei Mal irgendwohin zu spät gekommen. Als wir uns kennenlernten, stand ich immer zu früh vor deiner Wohnung und habe gewartet, weil ich es als zutiefst unhöflich empfand, zu früh zu kommen. Früh habe ich verstanden, dass in dieser Welt Zeit für Uhrzeit steht. MORGENSTUND HAT GOLD IM MUND. MÜSSIGGANG IST ALLER LASTER ANFANG. Wenn ich so darüber nachdenke, stelle ich fest, dass Depression gegen den aktuellen Trend geht. Depression verweigert sich der Selbstoptimierung, die nicht nur in der Arbeitswelt, sondern in sämtlichen Lebensbereichen herrscht. Depression will nichts, sie hat kein Ziel, keinen Zweck, keine Funktion. Sie steht für die reine Verschwendung (von Zeit). WENN JEDER BEREICH DES LEBENS ALS VERFÜGBARES POTENTIAL BEGRIFFEN WIRD, JEDE HANDLUNG EINEN NUTZEN ZU GENERIEREN HAT, DANN BESTEHT DAS GRÖSSTE VERGEHEN DARIN, EINE NUTZLOSE HANDLUNG ZU SETZEN. Auch hier in der Psychiatrie. Es ist doch absurd: Der Körper entscheidet in der Depression, nichts mehr zu wollen, und die Psychologie will das heilen, durch das viele WOLLEN. Die Psychologie akzeptiert Depressionen nicht, sie negiert sie. Depression kann es ausschließlich in ökonomisierten Gesellschaften geben, andernfalls wäre sie niemals pathologisch, also keine Depression. Dabei sind wir zum Zeitverschwenden geboren. Kennst du das Pareto-Prinzip? Wenn nicht, google es. Kennst du die Potlatch-Theorie? Wenn nicht, google sie, wenn auch nicht so wichtig wie das Pareto-Prinzip.

Das führt mich zu meinem letzten Punkt. Diese Mail ist schon recht lange, aber was bedeutet *lange*? Ich wollte gar nicht so viel schreiben, doch eines kann ich nicht unerwähnt lassen: Du hast wahrscheinlich über irgendwelche Ecken erfahren, dass meine Mutter gestorben ist, vor etwa zwei Wochen. Dazu habe ich eigentlich nichts zu sagen. Außer dass ich Geld geerbt habe, sehr viel Geld. Knapp 100 000 Euro. So viel Geld also auch wieder nicht. Ich werde das Geld nicht spenden, da würde es zu viel wollen, zu viele Funktionen einnehmen, da lasse ich es mir lieber auszahlen und verbrenne es (auch wenn das illegal ist). Vielleicht schenke ich dir auch das Geld, um dich zu erniedrigen. Wobei: Wozu sollte ich dich erniedrigen? Da wäre schon wieder zu viel Wollen im Spiel. Wenn ich mir einen Kredit nehme und eine Eigentumswohnung kaufe, vielleicht sogar in Wien, dann kann ich mich nicht mehr Sozialist nennen, ob es das wert ist? Lieber verschwende ich das Geld. Die Lust wird einem Nützlichkeitsprinzip untergeordnet und das verdirbt mir gänzlich den Spaß daran, mein Geld auszugeben. ALLE ZERSTÖRERISCHEN UND SELBSTZERSTÖRERISCHEN, VERSCHWENDERISCHEN SPIELARTEN DER LUST, DIE NICHT AUF GEWINN ODER ERHALT, SONDERN AUF VERLUST UND DESTRUKTION ZIELEN, WERDEN SOZIAL GEÄCHTET. Meine Freund:innen werden wieder einmal sagen, ich kann nicht mit Geld umgehen, aber vielleicht gehe ich am besten damit um, indem ich es verschwende für, sagen wir, 1000 Paar Schuhe. Dann habe ich nicht nur für jeden Tag einen neuen Namen, sondern auch ein neues Paar Schuhe (zumindest für die ersten 1000 Tage), die auf den Asphalt treten, als wäre jeder Tag ein neuer. Diese geerbten 100 000 Euro haben mich, nachdem meine psychische Stabilität langsam zurückgekehrt war, wieder in eine tiefe Melancholie gestürzt. Meine ersten Gedanken drehten sich alle um »vernünftige« Wege, dieses Kapital für mich arbeiten zu lassen. Wer Geld hat, muss mehr Geld haben. Aber ich kenne mich gar nicht aus mit Bitcoins. Mein Bankberater sagte, ich solle mich ein Jahr lang jeden Tag damit auseinandersetzen, fünf Minuten pro Tag, und früher oder später würde ich genau wissen, was ich mit dem Geld anfangen möchte. Und ich habe gelächelt und genickt und mir gedacht: Jaja, nein, nein. Niemals werde ich mich mit Geld auseinandersetzen. Wo bleibt da die Lust, wo die Erotik? Es ist das Schlimmste auf der Welt, reich zu sein. Auch wenn ich mich frage, ob ich mit diesem bisschen Geld schon als reich gelte. 100 000 Euro. Na ja, fast. Nicht ganz. Hätten wir noch Schilling, wäre ich jetzt Millionär. Ich könnte meinen kleinen Bruder um Rat bitten, er kennt sich aus mit Geld, ich habe viel mit ihm telefoniert in den letzten Wochen, wegen der Beerdigung und so weiter, Johann hat sich komplett rausgehalten aus der Sache, deswegen mussten Max und ich das Ganze planen und regeln. Was Johann mit dem Geld macht, weiß ich nicht, wir drei haben alle das Gleiche oder dasselbe geerbt, es ist mir auch egal. Ich bin mir aber sicher, dass Max schon ganz genau weiß, was er mit dem Geld macht, Fonds, Aktien, Anleihen, ETFs, das sind einfach nur Wörter, die ich aufzähle, Max macht, dass sein Geld mehr wird. Ich könnte ihn um Rat fragen, aber jeder Zelle meines Körpers widerstrebt es, einerseits ganz generell ihn um Rat zu fragen, andererseits ihn um Rat wegen des Geldes zu fragen. Max und Johann wissen nicht, dass ich in der

Klinik bin (sofern du es ihnen nicht erzählt hast, kleiner Witz), ich darf jeden Tag nur von 15:00 bis 20:00 Uhr auf Ausgang gehen, daher musste ich mir immer Ausreden einfallen lassen, wenn mich Max schon vormittags treffen wollte. Ich habe einmal vorgeschlagen, uns im Weidinger zu treffen, wir waren da einmal, falls du dich erinnerst, als wir Wien besuchten, und Max wollte es nicht zeigen, aber in all seinen Gesichtszügen war erkennbar, dass er dieses Café hasste. Mit jedem seiner Blicke auf die staubigen Vorhänge zeigte er mir, wie gescheitert mein Leben ist. Und wir haben weder über Mama noch über Geld gesprochen. Um ehrlich zu sein, haben wir über so gut wie gar nichts gesprochen. Auch wenn viele Worte fielen. Da war nichts dabei. Max und Johann glauben, dass ich derzeit bei Matthias wohne, weil mir Wien gefehlt hat. Dass ich Berlin hasse, wissen selbst die beiden. Von unserer Trennung habe ich ihnen nichts erzählt. Ich konnte die Vorstellung »tröstender« Worte einfach nicht ertragen, sie wären zu tollpatschig gewesen, diese Worte. Obwohl Max jünger ist und ich ihn noch immer als kleinen Bruder wahrnehme, wirkt er so souverän, dabei ist doch klar: Souveränität entsteht nicht durch Sicherheit, sondern durch Destruktion. Meine Familie ist verliebt in Sicherheit, bestimmt auch ich, aber nun, da mir meine Sicherheit abhandengekommen ist, suche ich auch nicht mehr danach. Bataille versteht Souveränität nicht als Ausübung von Macht, nicht als Herrschaftspraxis, sondern im Gegenteil als Unterwanderung von Machtstrukturen. Vielleicht werde auch ich erst souverän, wenn ich mein Geld verbrannt habe. Der vollständige Verlust von Bewusstsein, Erinnerung und Kontrolle. Bewusstsein muss aufhören, immer ein Bewusstsein *von etwas* zu sein. Souveränität ist kein anzustrebender Dauerzustand, sondern die Unterbrechung der Dauerzustände. Wachstum wird zu Verlust, dann entsteht Souveränität: das Aufgeben der gewinnorientierten Selbstkontrolle.

Mein Arzt-Patient-Freund Karl, der auch noch immer hier ist, legt stets alles im rechten Winkel auf den Tisch. Ich war kurz in seinem Zimmer und alles lag im rechten Winkel, in einer bestimmten Ordnung. Ich habe ihn gefragt, ob er diese idiotische Angewohnheit schon immer hatte, und er meinte, nein, erst seitdem er in der Klinik ist, beziehungsweise, seitdem er in der Klinik ist und es ihm besser geht. Ich unterstelle ihm eine Flucht aus dem Burn-out in eine vermeintliche Sicherheit. Kein Mensch, der im rechten Winkel lebt, ist souverän. Dieses Diktat des rechten Winkels steht für die falsche Sicherheit, nach der sich Karl so sehnt, dabei sieht er nicht das Potential des Aufgebens ebendieser Sicherheit. Wir haben hier einen Kurs, der Emotionstherapie heißt. Ich war nur zwei Mal dort, dann habe ich mich geweigert, diesen Kurs noch einmal zu besuchen. Wir saßen als Gruppe von ca. acht bis zehn Leuten im Speisesaal (ja, es gibt hier einen Speisesaal, man darf nicht auf dem Zimmer essen, außer gebrechliche Menschen wie Herr Badinger – und zur Mittagszeit trudeln die Depressiven ein und niemand spricht ein Wort, abgesehen von dem Wort »Mahlzeit«, es kommt zu einer Kakophonie aus diesem Wort, nein, einer Symphonie aus diesem Wort, jedes Mal, wenn ein neuer Mensch den Raum betritt und »Mahlzeit« wünscht und die Depressiven mit einer Zeitverzögerung von bis zu 30 Sekunden mit demselben Wort antworten: »Mahlzeit! Mahlzeit. --- Mahlzeit?« usw.). Die Pflegerin, die die Emotionstherapie leitete, war dick und hatte ein wunderschönes Gesicht. Es war übermäßig spürbar, wie sehr sie ihren Job liebte, sie hatte diese Eifrigkeit: einfach nur abstoßend. Sie hat uns Bilder von lachenden und weinenden Smileys gezeigt und ließ uns die Grundemotionen erraten (ich habe mich wieder wie ein Kindergartenkind gefühlt): Freude, Überraschung, Wut, Hass, Liebe, Traurigkeit, Angst und Ekel. Wenn ich so schreibe, stelle ich fest, dass ich mich über das Konzept der Grundemotionen lustig mache, das möchte ich nicht, weg mit dem Zynismus. Es ist schon hilfreich, solche Basisbegriffe zu definieren, das denke ich schon: zu wissen, ich bin wütend, das ist die Emotion, die ich erlebe, ich habe ein Wort für sie und kann sie benennen, das ist bestimmt hilfreich. Und Karl, der bestimmt schon Mitte-Ende 40 ist, hat sich so eifrig bemüht, bei den Antworten gut zu sein. Nicht weil er ein Angeber und Streber ist, sondern weil Karl so erpicht darauf ist, dass es ihm wieder gut geht, dass er dieses Burn-out überwindet. Es rührt einen zu Tränen, wenn man Karl dabei zusieht, wie er im Kindergartengefühlskurs zuhört und sich mit seinen im rechten Winkel angeordneten Stiften Notizen macht. Ich werde wieder zynisch, ich möchte das gar nicht. Es ist nur so: Ich habe diese Gefühle nicht mehr. Ich war wütend, ich war traurig, ich war voller Liebe, aber derzeit: Ich fühle nichts. Und das ist wohl die beste Beschreibung der Depression, da hatte die dicke Frau mit dem schönen Gesicht recht: Die Depression ist das Nicht-Fühlen der Gefühle. Deswegen lernen wir sie erneut, diese Grundgefühle, um hinzuspüren, um sie zu benennen, um zu sagen: Jetzt bin ich wütend. Ich bin nicht wütend, nicht einmal traurig. Ich fühle nichts. Als ich das Dr. Speer erzählte, sagte sie, der Patient, also ich, sei stabil. Bravo. Als ich vor kurzem mein Handy wieder eingeschaltet habe, war das erste, was ich machte, unsere alten WhatsApp-Nachrichten zu lesen, oder eher: MEINE alten WhatsApp-Nachrichten. Ich wurde neidisch (kein Grundgefühl) auf mich selbst. Als ich mich töten wollte, war ich voller Emotionen. Jetzt nehme ich Tabletten und spüre nichts. Bewerte du selbst, was du besser findest. Ich will mich nicht mehr töten, nein, niemals, aber ich fühle nichts. Ich habe etwas gefühlt, als ich meine alten WhatsApp-Nachrichten gelesen habe, da habe ich etwas gefühlt, nicht nur Neid, auch Trauer und Wut. Auch Scham. Ich habe meinen Schrank aus dem Fenster geschmissen und Möbel und Kisten und Farbeimer und da habe ich Stolz gefühlt (nicht im Moment des Handelns, sondern des Lesens). Wie auch immer. All das basiert auf der Annahme, dass unsere Gefühle nicht veränderbar sind, dass wir unsere aufkommenden Gedanken akzeptieren müssen, unsere Handlungen ABER gestaltbar sind. Das habe ich gelernt. Andere Handlungen führen zu anderen Gedanken und Gefühlen. Ich bin nicht meine Gedanken, sie kommen und gehen. Du weißt, ich hatte oft den Gedanken, ich könnte pädophil sein. Das ist verrückt, denn du weißt auch, dass ich überhaupt keine Anziehung gegenüber Kindern oder Jugendlichen verspüre, es war nur so oft eine Angst da, die kam plötzlich und die sagte: Du bist doch bestimmt pädophil, du Freak. Abgesehen davon, dass ich das nicht bin, bin ich auch nicht jener Gedanke. Es ist wie der Gedanke, der immer wieder aufkam, ich könnte jetzt jemanden vor die U-Bahn werfen. Ich werde es nicht tun, ich will es gar nicht tun, aber der Gedanke kommt immer wieder: Ich werfe dich, ihn, sie jetzt vor die einfahrende U-Bahn. Oder auf großen Höhen: Ich springe da jetzt runter. Ich werde nicht springen, ich will nicht springen, aber die reine Möglichkeit verführt mich zu dem Gedanken, dass ich es doch könnte. Früher habe ich diese Gedanken weggesperrt, bin erschrocken vor ihnen. Nun lasse ich sie vorbeiziehen. Ich bin nicht meine Gedanken, das sagen mir hier alle Therapeut:innen. Diese Gedanken sind mit Angst verbunden, mit großer Angst. Es ist doch das, was an der Psychologie nicht funktioniert. Jede:r hier will mir einbläuen, dass meine Angst einen Gegenstand hat, dass sie eine Angst *vor etwas* ist. Mein Therapeut Manfred fragt mich immer, wovor ich denn Angst hätte. Und als ich unsere, meine alten WhatsApp-Nachrichten gelesen habe, bin ich erschrocken, dass ich es schon damals formuliert hatte: Meine Angst ist rein körperlich, sie hat keinen Gegenstand, sie ist keine Angst *vor etwas*. Theoretisch bringe ich die Bereitschaft mit, *vor allem* Angst zu haben. Das Objekt ist egal. Es ist mein Körper, der sagt: Angst. Weil irgendwelche Transmitterstoffe in meinem Gehirn nicht richtig funktionieren. Das ist es, was ich unfair finde. Mein Körper (Gehirn) ist krank, da funktioniert etwas nicht mehr. Da wird zu wenig übertragen, zu wenig produziert. Mein Tag hat kaum begonnen und schon habe ich alles ausgeschüttet, was es zum Ausschütten gibt. Meine Depression und meine generalisierte Angststörung, sie sind so körperlich wie eine gebrochene Nase. Manchmal, in traurigen Momenten, denke ich, dass die Therapien alles nur schlimmer machen, dass das Einzige, das hilft, die Medikation ist.

Seit acht Wochen bin ich hier und wir haben (neben all der anderen Medikation) schon drei verschiedene Antidepressiva ausprobiert. Die ersten beiden haben wohl nicht geholfen, doch langsam habe ich eine Einstellung (eine medikamentöse Einstellung, so nennt man das: Einstellung, wie ein Gerät), die passt. Du kennst das Spiel, es dauert lange, drei Wochen für jedes Medikament, wenn sich nach drei Wochen nichts bessert, dann weg damit und her mit dem nächsten Medikament. Zum Glück gibt es so viele in den verschiedensten Farben und Formen. Seit zwei Wochen nehme ich Brintelix, und da hat es nur fünf Tage gedauert und plötzlich war alles anders. Der Antrieb war wieder da, der Körper hat sich gespürt. Brintelix bekommt fast niemand hier, das ist nämlich chefarztpflichtig. Bei mir wollten sie das aber ausprobieren. Als ich beim Rauchen unten meinen depressiven Freund:innen von meinem Erfolg erzählt habe, waren alle neidisch und sind zu ihren Ärzt:innen gelaufen, damit sie auch Brintelix bekommen. Alle haben mir von einem Tag auf den anderen gesagt, wie gut ich aussehe und wirke. Seit Brintelix kann ich mich auch wieder konzentrieren und lesen oder lange Emails schreiben. Zu meiner Ärztin habe ich während der Visite gesagt, ich möchte nur mehr Pullis und Kappen mit dem Logo von Brintelix tragen, da musste sogar Dr. Speer schmunzeln. Ich habe Dr. Speer zum Schmunzeln gebracht! Und nun ist es so weit: Es gibt einen Entlassungstermin. In einer Woche werde ich entlassen.

»Ich habe heute keine Energie« war der Lieblingssatz meiner Mutter. Und ich habe mich immer gefragt: Was ist Energie? Außer die Messbarkeit unserer Produktivität. Vielleicht war meine Mutter auch depressiv, vielleicht muss man das aber auch gar nicht pathologisieren, wenn sie jeden Tag mit diesem Satz begann. Auch wenn Energie für ein physikalisches Phänomen steht, habe ich eher esoterische Konnotationen. Sie war nicht alt, diese ferne Frau, und dennoch oft mit so wenig Energie ausgestattet. Wenn sie auf Reha oder in die Therme ging, war diese Regeneration, Erholung, Entspannung nur dem Ziel untergeordnet, wieder »Energien« zu sammeln, die in eine Nützlichkeit umwandelbar sind. Das Schönste an ihrer Beerdigung war, Gesichter zu sehen, die ich seit Jahren nicht gesehen hatte. Beinahe alle sind gekommen. Ich hatte übertrieben gute Laune, was die Menschen teilweise verwirrte. Ich habe die »Feier« in »Trauerfeier« sehr ernst genommen. Wir waren auf einem kleinen Schiff auf der Donau, eine Stunde von Wien entfernt. Ohne christliche Bezüge haben wir die Urne in die Donau geworfen und geweint. Ich habe eine Rede gehalten, in der ich davon erzählte, dass mir meine Mutter nie »ich liebe dich« gesagt hat, dass ich mich zumindest nicht daran erinnern könnte, wenngleich sie mich natürlich geliebt hat. Sie hatte nicht den Mut, das in Worte zu fassen, diese bedeutenden Worte auszusprechen. Wann habe ich das letzte Mal »ich liebe dich« gesagt, ohne dabei wie ein Klischee zu klingen? Bei uns beiden fiel dieser Satz regelmäßig, aber regelmäßig auch als Klischee. Beim Rauchen haben die anderen Patient:innen davon gesprochen, dass man keine Beziehung um der Beziehung willen führen soll, und in mir kam eine Emotion auf, die wie Wut war: Ihr habt leicht reden, ihr seid alle in Beziehungen oder geschieden. Ich bin jetzt 30 Jahre alt und hatte immer den Lebenstraum, mit 30 schon vier Mal geschieden zu sein. Jetzt bin ich 30 und noch kein einziges Mal geschieden. Ich habe noch nie gesagt: Dich werde ich für immer lieben und dir immer treu sein, und dann hat die Ewigkeit doch aufgehört. Ich liebe Scheidungen, sie sollten gefeiert werden. Der Fehler ist, dass Leute nur das Gemeinsame suchen. Du hast einmal zu mir gesagt: Liebe entsteht dort, wo etwas nicht zusammenpasst. Das werde ich nie vergessen. Ich hätte mir dich niemals ausgesucht, wenn ich rational gedacht hätte – auch wenn unsere Beziehung den ökonomischen Warentausch nachahmte. So darf Liebe niemals sein, nie darf man sie messen an einer Ausgeglichenheit von zärtlichen Handlungen. Man sagt, dass es Liebe in einer Zeit der unbegrenzten Möglichkeiten und scheinbar endlosen Freiheit nicht mehr geben kann, doch es geht vielmehr darum, dass *das Andere* verschwindet. Es gibt diese schwulen Paare, du kennst die, bei denen beide Beteiligten exakt gleich aussehen: gleicher Körperbau, gleiche Frisur etc. Auf Instagram gibt es diese Seite, die heißt *siblingsordating*, da werden zwei Menschen gezeigt und man muss erraten, ob sie Geschwister sind oder ein Paar, da sie einander so ähnlich sehen. Dabei, sagst du, entsteht Liebe doch dort, wo etwas nicht zusammenpasst. Wir beide hatten so gut wie nichts gemein – außer unserem Namen. Ein schöner Name, wenn ich an dich denke, ein hässlicher Name, wenn ich an mich denke: Lukas. Ich konnte mich nie wirklich mit diesem Allerweltsnamen identifizieren, aber dich bei diesem Namen zu nennen, schien in der Ordnung des Universums immer eine Richtigkeit zu haben. *Call me by your name* bekam bei uns eine ganz neue Bedeutung. Es gibt Menschen, die haben nie gelernt, eine Geste zu lesen: zum Beispiel, wie du eine Zigarette hältst. Und dass man sich schon in so etwas verlieben kann. Es gibt Datingplattformen, die nur darauf ausgelegt sind, Gemeinsamkeiten zu finden: die Hölle der Gleichen. Das narzisstische Ich ist nicht fähig, die Andersartigkeit des anderen wertzuschätzen. Das Leistungssubjekt ist auf Erfolg aus, und das war ich auch, ich habe unsere Beziehung als Karriere betrachtet, und wenn mir etwas leidtut, dann das: Es tut mir leid. Dass ich mit unserer Beziehung Preise gewinnen wollte. Jetzt habe ich verstanden: Ich möchte mich ganz oft scheiden lassen. Schade, dass wir nie geheiratet haben. Nur die Liebe kann das narzisstische Leistungssubjekt aus der Depression führen.

Nach der Beerdigung kam ich wieder nach Hause – und damit meine ich: zurück in die Psychiatrie. Und ich hatte keine »Energie« mehr. Auf der Beerdigung hatte ich gelacht und geweint und »ich liebe dich« gesagt, beispielsweise zu meinen Brüdern, und als ich zurück in mein steriles Zimmer kam, waren sie weg, diese Emotionen. Geweint hatte ich tatsächlich nur sehr wenig, die Freude über diese Frau, die Mutter hieß, überwog – und die Liebe zu ihr. Es ist nicht so, dass ich sie verklärt und, wie viele nach dem Tod eines Elternteils, idealisiert hätte, ich sehe all ihre Fehler und Probleme in ihrer Geschichte und Erziehung, aber da war doch etwas wie Liebe. Da war Ungerechtigkeit, aber auch Liebe. Das war vergangenen Sonntag und danach saß ich in meinem Zimmer, fühlte mich leer, ausgelaugt, aller Energien und Emotionen beraubt, auf mein Krankenhausbett gekauert, auf Kissen und Decken in krankenhausblauen Laken. Mit der Fernbedienung des Bettes stellte ich die Lehne so ein, dass ich gut aufrecht sitzen konnte, Herr Badinger im Bett neben mir, leblos, aber lebendig. Links vor seinem Bett der kleine Schreibtisch, den ausschließlich ich verwendete, mit meinen Büchern und dem Briefpapier, das ich nun auch schon länger nicht mehr angerührt hatte, und an der Wand ein psychologisches Diagramm aus der Therapie. Auf der Fensterbank ein kleiner Korb mit Obst und Gemüse, das hier im Speiseplan zu selten vorkommt, deswegen habe ich mich selbst versorgt. Über uns an der Wand hängt ein riesiger Bildschirm, den weder Herr Badinger noch ich oft gebrauchen. An der Wand Kleiderhaken mit unseren Jacken und davor einige Schuhe, seitdem ich hier bin, habe ich zwei neue Paare gekauft, ich hatte einfach nicht gewusst, dass ich so lange hier bleiben würde, vielleicht war ich naiv zu hoffen, dass so ein Aufenthalt nur zwei Wochen dauert. Dann der Nachttisch im Krankenhausstil, darauf noch ein Blutdruckmessgerät, und über mir baumelnd das »nüchtern«-Schild, da ich am nächsten Tag eine Blutabnahme hatte, um den Medikamentenspiegel des Brintelix zu messen. Als die metallische Stimme der Pflegerin durchsagte, wir sollten uns zum Essen in den Speisesaal begeben, blieb ich auf meinem Bett sitzen, ich entschied, ich hätte auf der Beerdigung genug gegessen. Die Pflegerin brachte Herrn Badingers Essen an sein Bett, er rührte es nicht an. Zwischendurch gab es auch immer wieder den Auftritt einer Putzkraft, die sogar sonntags regelmäßig ins Zimmer kommt, um irgendwelche Flächen abzuwischen. Der Boden grau, die Vorhänge gelb, verblasst. Irgendwann war diese Einrichtung wohl modern gewesen, doch diese Zeit scheint lange vorbei zu sein. An den Wänden gibt es an so gut wie jeder Stelle Knöpfe, mit denen man eine Pflegekraft rufen kann, falls einem schwindlig wird oder dergleichen: Einmal fand ich Verwendung für einen dieser Knöpfe, ich war gestürzt, weil ich eine zu hohe Dosis Benzos hatte und das Gleichgewicht verloren habe, danach bin ich drei Tage gehumpelt, Dr. Speer hat mich sogar ins Haupthaus zur Unfallstation geschickt, um meinen Fuß untersuchen zu lassen.

In einer Woche werde ich also entlassen, das habe ich gemeinsam mit den Ärzt:innen entschieden: Der Patient ist stabil. Ich nehme fünf verschiedene Medikamente, zum Wachwerden, zum Schlafen und um mein fehlerhaftes Gehirn zu korrigieren: Brintelix, Sertralin, Pregabalin (auch als Lyrika bekannt), Ariprazol, Trittico. Vielleicht waren diese neun Wochen auch die größte Zeitverschwendung meines Lebens, denn das Einzige, was ich wirklich verstanden habe, ist, dass ich nicht zu mir selbst finden möchte. Ich möchte kein Yoga machen, nicht meditieren, nicht sagen: Jetzt weiß ich, wer ich bin. Bei all dem psychologischen Selbstfindungswahn kommt mir das Kotzen, und vielleicht denkst du jetzt, das wird schiefgehen. Vielleicht wird es das. Aber ich habe jetzt mein Tattoo, auf das ich blicken und sagen kann: Wir schaffen die Wochentage ab. Was möchte ich? Ich möchte lernen, mich im anderen zu verlieren, anstatt mich selbst zu finden. Vielleicht finde ich in diesem Verlieren sogar wieder zu mir, das behauptet zumindest Bataille. Aber zuerst steht das Verlieren. Die konstruktive Zerstörung. Die reale Souveränität. Meine Eltern, sie haben es früh aufgegeben, sich im anderen zu verlieren. Liebe haben sie mir nie wirklich beigebracht, vielleicht bin ich deswegen jetzt auch hier. Aber meine Vorstellung von Liebe, von Zärtlichkeit, die stellt alles in den Schatten: Ich habe mir immer gewünscht, dass meine Eltern sich scheiden lassen. Mein Vater war auch bei der Bestattung, aber ich werde meine kostbaren Worte hier nicht dafür verschwenden, über meinen Vater zu schreiben. Diese Mail ist schon recht lange, aber es geht doch auch um Liebe, da ringt man manchmal um Worte: Liebe ist nur da Liebe, wo sie keinen Wert mehr hat, keine Funktion. Liebe ist das Sinnloseste auf der Welt – oder sollte es zumindest sein. Als wir uns kennenlernten, meinte Julia zu mir, es sei ungesund, wie sehr ich in dich verliebt war. Und ich Idiot habe ihr das auch noch geglaubt und versucht mich zu zügeln. Und hier gibt es diese Patientin, die meinte, mit 50 liebt man nicht mehr wie mit 20 – und auch das habe ich ihr geglaubt, ich Idiot. Wie traurig das doch wäre, würden wir unseren Sturm und Drang verlieren, unsere Bereitschaft, die Gesten des anderen zu lesen. Wahrscheinlich tun die meisten das sogar auch, diese armen, bemitleidenswerten Menschen. Julia behauptete sauer, dass ich meine Freund:innen vernachlässigen würde, als wir zwei zusammenkamen. Natürlich habe ich das getan, wer tut das nicht? Sie meinte, ich sollte aufpassen, mich in nichts »reinzusteigern«, aber wo ist denn der Spaß an der Sache, wenn man sich nicht reinsteigert? Meine Finger tun schon weh vom Tippen, aber ich muss dir sagen: Als wir unseren ersten großen Streit hatten, wollte mich Julia nicht trösten. Sie hat nicht gesagt: »Selbst schuld«, aber sie dachte es. Dabei war es Julia, die jede freie Minute auf Tinder verbrachte, um endlich nicht mehr einsam zu sein. Ich will dir noch sagen, ich bin nicht aus Liebe hier in der Psychiatrie gelandet, du warst vielleicht der Auslöser, nicht der Grund, früher oder später wäre ich ohnehin hierhergekommen. Depression ist nicht Liebeskummer, auch wenn es bei mir manchmal den Anschein hat. Ich denke an meine Mutter, die mir in der Jugend bei Liebeskummer Baldriantropfen gegeben hat. Dabei sehe ich jetzt deutlich, dass sie mit Kräutern meine damals schon aufkeimende Depression niemals heilen hätte können. Und Julia hat diese Auffassung, dass man in einer Beziehung unter allen Umständen »bei sich« bleiben muss. Sie weiß, dass ich im Krankenhaus bin, und heuchelt Mitleid, vielleicht ist es sogar echtes Mitleid, sie war schockiert, für sie ist Psychiatrie etwas Undenkbares, ein letzter Ausweg, nicht für Menschen wie uns gemacht. Sie meinte, sie fände es gut, dass wir uns getrennt hätten, unsere Beziehung sei nie »gesund« gewesen. Lustig in diesem Zusammenhang, das Wort: gesund. Je länger ich hier bin, desto klarer wird mir: Ich möchte keine gesunde Liebe. Worin liegt der Spaß, »stabil« zu sein? Julia ist auch eine, die glaubt, dass uns »gutes« Verhalten zum Glück führt. Sie sagt Sachen wie: Wie viel kostet ein Lächeln? Es sei bewiesen, dass ein Lächeln gegenüber Fremden Endorphine ausschüttet. Ich möchte nur lächeln, wenn es ernst gemeint ist, nicht um mir Endorphine in mein Gehirn zu schummeln. »Liebe ist Arbeit«, sagte Julia oft, »es heißt ja auch *blowjob* und nicht *blowholiday.*« Ein ganz schlechter Witz, den sie oft brachte. Aber nein, Liebe soll nicht Arbeit sein, warum dieses ökonomische Vokabular, Beziehung mag vielleicht Arbeit (wenngleich ein anderes Wort angebrachter wäre) sein, aber Liebe nicht. Depression ist für mich der Mangel an Impulsen. Nein, das ist falsch. Die Impulse sind da, aber eine Millisekunde nach dem Impuls kommt die Verweigerung des Impulses. Zuerst der Gedanke: *Ich könnte ja machen,* und sofort im Anschluss der Gedanke: *Ich kann nicht, warum sollte ich überhaupt machen.* Dieses Wechseln der Impulse kostet so viel Energie und macht permanent müde. Ich zwinge mich, den zweiten Gedanken nicht mehr zuzulassen und einfach dem ersten Impuls nachzugeben, dem genuinen.

Ich habe gelesen: »Bitte hab kein schlechtes Gewissen, wenn du glücklich bist.« Ich habe gelesen, man soll es sich erlauben, traurig und schwach zu sein, wenn man es braucht. In der Zeitung habe ich von einem Jungen gelesen, der mit elf Jahren seinen Universitätsabschluss macht. Doderer hat geschrieben, dass derjenige reif sei, der nicht mehr auf sich selbst hereinfällt. Nora Tschirner sagt: »Meine Depression war eine gesunde Reaktion auf ein krankes System.« – »Wir gehen lieber zu Grunde, als unsere Gewohnheiten zu verändern.« Irgendwo stand auch: »Es gibt eine Form des Egoismus, die so nährend für uns ist, dass wir dadurch anderen viel zu geben haben.« Und dann: »Life falls apart. We try to get a grip and hold it together. And then we realize we don't want to hold it together.« Ich habe gelesen: »Eat. That. Fucking. Bread.« Und: »Heute habe ich mich bei meiner Katze entschuldigt, als der Wecker geläutet hat.« Ich denke, wann ist denn die richtige Zeit für eine Midlife-Crisis, wenn man doch nie wissen kann, wann die Mitte des Lebens erreicht ist. Irgendwer schrieb: »Ich habe gegen die Depression versucht zu joggen, aber mir fielen permanent die Eiswürfel aus dem Glas.« Ich las: »Therapy will not end the nightmare. It will only explain it.« Albert Einstein: »Sich über das Glück anderer zu freuen, erzeugt übrigens eigenes Glück.« Ich habe gelesen: »The key to being happy isn't a search for meaning. It's to just keep yourself busy with unimportant nonsense and eventually, you'll be dead.« Meine Mutter sagte mal zu mir: »Irgendwann in deinen 20ern bist du ein kleines bisschen müde und plötzlich ist es 30 Jahre später und du bist es immer noch.« Ich habe gelesen: »Lass uns irrelevant sein« und: »Das ganze Analysieren ist super erotisch.« Da stand: »They said it made me stronger, but I was a child. I didn't need to be stronger, I needed to be safe«, und: »It's so depressing, that I am responsible for my own happiness.« Ich habe gelesen: »Ich kann nichts für die Umstände, in denen ich groß geworden bin.« Da stand: »Time doesn't make trauma disappear. Healing needs more than time.« Ich habe gelesen: »In einer Gesellschaft, die von deinen Selbstzweifeln profitiert, ist Selbstliebe die größte Rebellion.« Ich habe gelesen: »Wahrscheinlich wird der schwarze Hund immer ein Teil meines Lebens bleiben, aber ich habe gelernt, dass man mit Geduld, Humor, Verständnis und Disziplin sogar den schlimmsten schwarzen Hund an die Leine legen kann.« Ich habe gelesen: »Da man uns verletzt hat, errichten wir eine Mauer um uns herum, damit man uns nie wieder verletzt. Und wenn man eine Mauer um sich errichtet, wird man nur noch mehr verletzt.« Ich habe gelesen: »I never know if I can handle anything. That's what makes my life so exciting.« Ich habe gelesen: »Ein Nein zu anderen ist oft ein Ja zu sich selbst.« Ich habe gelesen: »Ich habe keine Kapazitäten dafür, Socken zu sortieren.« Ich habe gelesen: »Meine Depression heißt Lorenz. Der Depression einen Namen zu geben bedeutet, man hat sie angenommen.« Ich habe gelesen: »Ich halte die Idee für grundfalsch, dass wir ständiges Wachstum brauchen. Im Körper heißt so etwas Krebs.« Ich habe gelesen und mir das alles notiert in einem kleinen roten Notizbuch und nichts, aber auch gar nichts, hilft uns, den Umstand der Depression irgendwie begreifbar zu machen. Kein Wort schafft es, dass Unbeteiligte nur im Geringsten erahnen können, wie sich eine Depression anfühlt. Vor allem Albert-Einstein-Zitate nicht, vor allem die nicht. Ich hasse Albert-Einstein-Zitate, falls die wirklich alle von Albert Einstein sind und sich nicht irgendein Mensch banale Sätze ausgedacht und darunter Albert Einstein geschrieben hat, damit die Leute das dann auch glauben, immerhin hat der die Schwerkraft erfunden oder so, der muss das doch wissen. Depression ist das permanente Infragestellen seiner genuinen Impulse. Aber nicht nur. Schon auch. Aber nicht nur. Wenn man überhaupt Impulse hat. Therapie ist das Freilegen dieser Impulse, das archäologische Ausgraben dieser verloren geglaubten Impulse. Aber nicht nur. »Vergleiche dich nicht«, hat irgendjemand mal zu mir gesagt, und ich denke nur an den Jungen, der mit elf Jahren seinen Universitätsabschluss gemacht hat, und kann nicht anders als mich zu vergleichen. Ich hätte das auch gerne. Und dann denke ich an »Lass uns irrelevant sein!« und denke: JA! LASS UNS IRRELEVANT SEIN! Lass mich mir doch eine Sekunde lang erlauben, irrelevant zu sein. Niemand versteht die Depression, der sie nicht erlebt hat. Ich weiß, das ist eine steile These. Ich kann mir ja viel zusammenfantasieren, kann mir denken, wie es sich anfühlt, Krebs zu haben: die Schwäche, die Müdigkeit, die Schmerzen. Aber das Mysterium Depression ist eben ein Mysterium. Auf der anderen Seite gibt es auch Therapeut:innen, die vielleicht noch nie depressiv waren und den Menschen wunderbar helfen können. Aber verstehen diese Menschen die Depression? Oder verstehen sie einfach nur die Heilung von Depression. Julia glaubt, Depression heißt traurig sein. Julia glaubt, Souveränität bedeutet, selbstsicher zu sein. Dabei sind Depression und Souveränität die absolute Selbstaufgabe. Sind die vielen bunten Pillen (Pulverl) nur Placebos und ich habe mir durch alle die Programme hier die Depression wegtherapiert? Oder sind all die Therapien nur Beschäftigungen und es war allein die Kraft der Tabletten, die bewirkt hat, dass es mir wieder besser geht? Hilft einem die Auseinandersetzung mit der Psyche wirklich oder macht sie alles nur schlimmer? Oder sind Therapien und Pillen vollkommen egal und es ist nur die Zeit, die vergeht, die wahre Therapeutin. »Zeit heilt alle Wunden«, habe ich oft gehört und bei dem Gedanken an diesen Satz könnte ich gegen die Wand kotzen.

Mein Therapeut sagt, Depression sei steckengebliebene Wut, wo ich ihm nicht ganz unrecht gebe. Und letztens war ich sogar richtig wütend. Ich sah aus wie das wütende Emoticon, das einen roten Kopf hat und dem Dampf aus der Nase kommt. Moment, das sind zwei verschiedene Emoticons. Jedenfalls sah ich so aus wie eines der zwei. Das war, als ich gestürzt bin, ich konnte nur humpeln und nicht auftreten. Deswegen schickte mich Dr. Speer hinüber ins Haupthaus zum Röntgen. Da kam ein Mann in weißer Uniform, der mich in einem Rollstuhl zur Unfallambulanz schob. Zack, bums, Röntgen erledigt, alles ging ganz schnell und problemlos. Dann kam ein anderer Mann in weißer Uniform, der mich mit dem Rollstuhl zurückschieben sollte. Doch auf seiner App hatte dieser Mann eine andere Information, wohin er mich schieben sollte. Ich sagte: »Nein, nein, ich muss in die Psychiatrie.« Es fühlte sich noch immer komisch an, das P-Wort auszusprechen. Der Mann in weißer Uniform widersprach mir aber permanent: »Nein, nein, Sie müssen woanders hin.« Er schob mich los, ehe ich mich wehren konnte, und mein Kopf wurde schon röter. Irgendwann landeten wir in einer ganz anderen Ecke des Krankenhauses und am Schalter stellte sich heraus, welch Wunder, dass ich dort gar nicht gefragt war. »Sehen Sie«, sagte ich, »ich muss in die Psychiatrie. Können Sie mich da jetzt endlich bitte hinfahren?« Er sah mich an: »Dafür bin ich nicht zuständig.« Ich explodierte. Ich stand auf und humpelte los. Meine Stimme wurde laut. »Wofür sind Sie denn zuständig? Mich ans andere Ende des Krankenhauses zu bringen und mich dann zurückhumpeln zu lassen? Ich habe Ihnen zehn Mal erklärt, dass ich in die Psychiatrie muss, aber in Ihrer sturen, toxischen Männlichkeit hören Sie anscheinend gar nicht zu. Wie ich Männer hasse, vor allem Männer wie Sie, die glauben, sie haben die Wahrheit gefressen. Lecken Sie mich am Arsch!« Ich humpelte los. Meine Stimme wurde laut, das musst du dir mal vorstellen. MEINE STIMME WURDE LAUT. Das passiert mir so gut wie nie. Als ich mit Schmerzen in meinem Zimmer ankam, war ich stolz auf mich (wie sehr ich das Wort Stolz hasse). Ich glaube tatsächlich, dass Depression oft (nicht immer) mit steckengebliebenen Aggressionen zu tun hat. Und ich erlebte dank dem MANN in weißer Uniform einen kleinen Durchbruch. Ich wurde erstens aggressiv, schon dass ich das Gefühl spürte und es zuließ, war ein Fortschritt, und zweitens artikulierte ich meine Aggression. Mein Fuß ist verheilt, aber die Wut ist noch da. Auf meiner To-do-Liste steht nun, dass ich öfter Leute anschreien muss.

Diese Mail ist schon recht lange, das wollte ich gar nicht, aber eine Sache will ich dir noch erzählen. Vor ein paar Tagen habe ich eine rothaarige Frau kennengelernt, um sechs Uhr Morgen beim Rauchen. Ich weiß, ich weiß, es ist eine Unart, vor dem Frühstück zu rauchen. Aber ich bin jetzt Frühaufsteher, ich stehe seit Wochen jeden Tag um fünf Uhr auf und beginne meinen Tag und ich liebe die Vormittage. Nachmittags und abends wird die Lust immer geringer, und wenn ich mich dann früh ins Bett lege, freue ich mich schon wieder darauf, um fünf Uhr aufzuwachen (ohne Wecker) und putzmunter zu sein. Jedenfalls habe ich diese rothaarige Frau kennengelernt, ich glaube, sie ist neu hier, ich kannte ihr Gesicht nicht, vielleicht geht sie aber auch nur selten raus zum Rauchen, sie ist auf einer anderen Abteilung. Wir haben uns unterhalten über irgendetwas, spielt keine Rolle – und dann habe ich eine Sekunde weggesehen, und als ich ihr wieder ins Gesicht gesehen habe, hatte sie plötzlich eine Brille auf. Auf einmal die bohrende Frage: Hatte sie die Brille davor auch schon auf? Oder hat diese Frau binnen eines Augenblicks die Brille gezückt und auf ihre Nase gedrückt? Warum ist mir diese markante Brille davor nicht aufgefallen? Ich bin danach auf mein Zimmer gegangen und für eine Stunde in eine tiefe Depression gefallen. Ich hatte Angst, dass ich meiner Wahrnehmung nicht mehr vertrauen kann. Dabei war ich immer so gut in Wahrnehmung. Ich habe eine Stunde lang tief gegrübelt und alle Gedanken über mein Leben in Frage gestellt. Nach einer Stunde dachte ich mir, es reicht jetzt, ich habe all die Sorgen abgeschüttelt und mir ging es wieder gut. Siehst du, was ich hier gelernt habe? Früher hätte mich das Wochen beschäftigt, nun bin ich schon bei einer Stunde, und bald werden es nur mehr fünf Minuten sein. Ich bin nicht stabil, was auch immer das heißen mag. Brillen und rothaarige Frauen werden es immer wieder schaffen, mich aus der Bahn zu werfen. Aber ich möchte endlich weg von hier. Ich habe genug Leben geprobt, ich möchte es jetzt leben. Ich will Erfahrungen machen und mich Dingen stellen und mich lebendig fühlen und Fehler machen und erzählen, ja, das möchte ich, ERZÄHLEN, auch von meinem Aufenthalt hier. Ich möchte küssen und ficken, aber nicht auf Kosten der Welt. Ich will Karaoke singen gehen und mich blamieren und danach für eine Stunde in eine Depression fallen, weil ich es nicht ertrage, mich so blamiert zu haben, aber nach einer Stunde schüttle ich das wieder weg und bin wieder zufrieden. Und dann geht es einfach weiter, es geht immer weiter, so wie diese Mail, es geht einfach immer weiter. Ich werde keinen Gedanken an Selbstmord mehr verschwenden, werde aber oft an den Tod denken, denn das gehört dazu – vor allem wenn man plötzlich eine tote Mutter hat. Eine Brille – egal von welcher Frau – wird nicht mehr meine Identität bestimmen, nein, niemals mehr.

In einer Woche gehe ich und: wohin? Ich werde mich nicht mehr den Umarmungen Fremder verweigern.

Love, nobody.

VIERTER TEIL

Lieber Lukas, wie du an der Postkarte unschwer erkennen kannst, bin ich in Paris. Ich weiß, ein Bild des Eiffelturms ist ein Klischee, aber du müsstest einmal davorstehen, das löst schon etwas aus. Heute ist mein Geburtstag, Grund genug, dir mal wieder zu schreiben. 31 Jahre, was heißt das schon? Eine neue Zahl, die ich auswendig lernen muss. Zum Geburtstag habe ich mir eine Reise nach Paris geschenkt, ganz alleine. Du musst unbedingt mal hierherreisen, Paris ist so schön, im Gegensatz zum verdreckten Berlin ist Paris ein verdrecktes Wunder. Mir geht es gut, wirklich, ganz ehrlich, mir geht es so gut. Ich hoffe dir auch. Wetter gut, Essen gut, Menschen nett. Love, Lukas.

*

Lieber Lukas, es ist mal wieder Zeit für ein Bild des Eiffelturms, diesmal aus einem anderen Winkel in anderem Licht. Ich wünsche dir alles Gute zum Geburtstag. Ich weiß, dir bedeutet das nichts, aber irgendetwas muss es ja bedeuten. 33 Jahre, was heißt das schon? Ich habe jetzt eine kleine Wohnung in der Nähe der Pariser Innenstadt, seit zwei Monaten wohne ich hier und mein Französisch wird auch besser. Ich leiste mir einen bescheidenen Lebensstil von meinem Erbe, das nach und nach kleiner wird, was danach passiert, interessiert mich vorerst nicht. Arbeiten werde ich nicht mehr, das ist beschlossen. Meinen Körper den Zwängen der Ökonomie zu unterwerfen, diese Zeiten sind vorbei für mich. Was ich dann mit all meiner Zeit anstelle? Gut, dass du fragst. Ich verschwende sie. Love, Lukas.

*

Lieber Lukas, ich verschwende meine Zeit, und daher der Schluss: Vielleicht verschwende ich mein Leben. Vielleicht war es ein Fehler, nach Paris zu ziehen und alles hinter mir zu lassen. Es ist wieder eine Gewitterwolke über mir aufgezogen und ich kann meinen Regenschirm nicht finden. Eigentlich gibt es nichts, worüber ich mich beklagen könnte, alles ist gut, und doch drängen sich immer mehr negative Gedanken in meinen Kopf. Es ist Weihnachten und ich verbringe den Abend alleine. Weihnachten hat mir noch nie viel bedeutet, es ist nicht schlimm, dass ich alleine bin an Jesus' Geburtstag. Happy Birthday, Jesus. Nein, das war nicht ehrlich von mir: Obwohl mir der Tag nichts bedeutet, bin ich traurig, dass ich alleine bin. Ich habe keinen Antrieb, keine Lust, keine Aufgaben in meinem Leben. Selbst diese Postkarte mit einem hässlichen Bild eines hässlichen Eiffelturms zu schreiben, kostet mich unermessliche Kräfte. Ich habe übrigens meine Tabletten abgesetzt. Love, Lukas.

*

Lieber Lukas, ich habe nachgedacht: Ich weiß, man soll seine Tabletten nicht eigenständig absetzen – ohne das mit einem Psychiater zu klären. Aber es kann doch nicht sein, dass ich jeden Tag sechs Tabletten nehmen muss, um zu »funktionieren«. Wie ich das Wort hasse: funktionieren. Für eine kapitalistische Gesellschaft funktionieren. Die Gesellschaft ist nicht interessiert an meinem Glück, sondern nur an meiner Produktivität. Ich werde mich nicht umbringen. Aber ich werde auch nicht mehr arbeiten gehen, ich will kein Nutzen für die Gesellschaft sein. Ich habe heute Klamotten für 5000 Euro gekauft, es war an der Zeit, mich neu einzukleiden. Das meiste in Schwarz. Lukas, ich möchte nicht mehr krank sein, wie lange dauert das noch mit dieser Depression? Ich kann diese Sprüche auf Instagram nicht mehr sehen: »Liebe deine Depression!« usw. Ich will meine Depression nicht lieben, nicht umarmen, nicht als guten Bekannten behandeln, nicht akzeptieren. Ich will gesund sein – gesund sein wie du. Guten Rutsch. Love, Lukas.

*

Lieber Lukas, ich habe einen Mann kennengelernt, einen Jacques. Ja, er heißt wirklich Jacques, ich weiß, das ist ein Klischee, aber ich kann mir seinen Namen ja nicht aussuchen – und könnte ich es, würde ich ihn erst recht Jacques nennen: Er trägt ein Barett, hat ein Baguette unter dem Arm und immer ein Stück Camembert in der Hosentasche. Okay, das war jetzt ein Witz. Er ist einfach nur wunderbar, ein bisschen jünger als ich, aber was heißt das schon? Wir haben uns auf einem Cruising-Platz kennengelernt, beim Arc de Triomphe. Er hat mich gefickt und als wir fertig waren, ging ich noch mit zu ihm und dann habe ich ihn gefickt. Und dann habe ich tagelang seine Wohnung nicht verlassen. Das mit Jacques könnte etwas Großes werden. Vielleicht aber auch nicht. Mir geht es gut. Schönen Valentinstag dir noch. Love, Lukas.

*

Lieber Lukas, mir geht es so gut. Ich nehme brav meine Tabletten, morgens und abends auch. Heute kommen all meine neuen Freund:innen zu mir (ja, alle beide) und wir feiern den Übergang in mein 33. Lebensjahr. Schon wieder ein Jahr älter. Jacques kommt auch. Ich hätte nie gedacht, dass das so lange hält, aber ich werde ihn nicht los. Ich habe wieder begonnen, Traum und Realität zu verwechseln: Ist mir das wirklich widerfahren oder ist es Einbildung? Nein, ich kann mich so gut erinnern. Ich habe nach meinem Telefon gegriffen und die Nachrichten gelesen. Sind sie noch in meinem Handy gespeichert? Wenn sie nicht da sind, habe ich sie vielleicht gelöscht? Oder habe ich sie nur erträumt? Um gegen den Wahnsinn anzukommen, habe ich begonnen, Dinge aufzuzählen: das Alphabet, Primzahlen, Hauptstädte, Tiere, bekannte Selbstmörder, mathematische Formeln. Ich wünsche dir alles Gute zu MEINEM Geburtstag! Dieses Bild vom Eiffelturm ist ein besonders schönes. Mir geht es wirklich gut. Mach dir keine Sorgen um mich. Love, Lukas.

*

Lieber Lukas, zur Feier des Tages haben Jacques und ich eine Line gezogen. Danach haben wir köstlich gekocht: Zander mit Kartoffeln und Zucchini-Karotten-Curry-Gemüse. Als Nachspeise Palatschinken, etwas Österreichisches für meinen Franzosen. Dann hatten wir sehr lange sehr guten Sex. Später bekamen wir wieder Hunger und haben uns die Reste in der Mikrowelle warm gemacht und plötzlich – scheinbar ohne Grund – hat das Essen ganz komisch, ganz ekelhaft geschmeckt. Wir haben es dennoch gegessen, wunderten uns aber die ganze Zeit, warum der Fisch und alles so blechern, so metallisch schmeckt. Wie auch immer, wir wollten noch eine kleine Line ziehen und haben den Teller mit dem Koks gesucht, aber nicht mehr gefunden, und vielleicht kannst du schon eins mit eins zusammenrechnen, wir konnten es zuerst nicht, doch plötzlich fiel es mir wie Schuppen von den Augen. Ich habe zuvor unsere Essensreste auf den Koksteller gelegt und ihn in die Mikrowelle gestellt. Als ich es merkte, habe ich wie in einem Filmmoment laut »Nein!« geschrien, und dann haben wir mindestens eine Stunde gelacht. Mir geht es so gut. Frohe Weihnachten und ein Bild vom Eiffelturm. Love, Lukas.

*

Lieber Lukas, die Depression ist wieder da. Ich habe sie nicht anklopfen gehört, sie war von einem Tag auf den anderen einfach wieder da. Hallo, Depression. Es ist Valentinstag und ich habe mich von Jacques getrennt (keine Blumen heute). Es ist mir vollkommen egal. Die Trennung von Jacques: egal. Die Beziehung zu meinen Brüdern: egal. Nina Hagen: egal. Perlweizen mit Zucchini: egal. Meine Schuhsammlung: egal. Tote Mutter: egal. Die *Friends*-Folge, in der Ross high von Medikamenten ist: egal. Die Bücher von Liv Strömquist: egal. Julia: egal. »Liebe ohne Leiden«: egal. Eklige, bestellte Pizza: egal. Kein Kontakt zu Erika: egal. Paniertes: egal.

Starlink am Abendhimmel: egal. Die erste Zigarette des Tages: egal. Baden in der Badewanne: egal. Freitag und Samstag: egal. Taylor Swift: egal. Selbst die Depression an sich: egal. Wie gerne ich jetzt mit dir Löffelchen liegen würde und du sagst: »Es wird alles gut.« Vielleicht wird es nicht gut. Sie sagen, es ist nicht das Ende, solange es nicht gut ist, und ich glaube, ich habe noch nie so einen Quatsch gehört. Du kannst dir auch aussuchen, ob du das kleine oder große Löffelchen sein möchtest, wobei, wenn man das ernst nimmt, die Löffel ja die gleiche Größe haben sollten. Jacques konnte nie mit dir mithalten. Ich weiß, so etwas soll man nicht vergleichen, ABER. Gib mir nur ein Zeichen, dass du noch lebst. Wir könnten so glücklich sein. Love, Lukas.

*

Lieber Lukas, ich habe jetzt eine neue Therapie begonnen. Es war gar nicht so einfach, eine Therapeutin (Männer habe ich kategorisch ausgeschlossen) zu finden, die Therapie auf Englisch macht, aber so gut ist mein Französisch noch nicht. Mir geht es wirklich gut derzeit, die Gewitterwolke hat sich in Regen aufgelöst, der schwarze Hund ist beim Hundesitter, aber so eine Therapie schadet nicht, mach dir keine Sorgen, mir geht es wirklich gut. Auch einen neuen Psychiater habe ich (er ist ein Mann), Dr. Dubois, und er ist fantastisch. Er nimmt sich so viel Zeit für mich. Wir haben versucht, eines meiner Medikamente auszuschleichen, das hat mich aber sehr antriebslos gemacht, deswegen probieren wir ein neues Antidepressivum aus. Ich habe Muffins für Dr. Dubois gebacken als Zeichen meiner Dankbarkeit: Mohn-Zitrone. Überhaupt koche und backe ich viel in den letzten Monaten. Zuletzt einen Geburtstagskuchen für mich selbst, den ich gleich essen werde. Ich werde heute 33 Jahre alt. Jacques und ich wollen in den Zoo gehen und dann früh schlafen. Es gibt ein neues Pandababy. Love, Lukas.

*

Lieber Lukas, ich bringe mir derzeit das Nähen bei – zumindest versuche ich das. Meine Therapeutin meint, ich bräuchte Hobbys, und jetzt habe ich mir einfach eine Nähmaschine gekauft, eine nagelneue. Wahrscheinlich hätte es eine gebrauchte auch getan, aber ich habe das Geld ja. Ich habe festgestellt, dass ich überhaupt kein Talent zum Nähen besitze. Ich bin ungeduldig und tollpatschig und es macht keinen Spaß. Müssen Hobbys eigentlich Spaß machen? Wie macht man das, einen Alltag aufbauen? Das normale Leben, das häufig als monoton empfunden wird. Heute ist Tag der Arbeit, erster Mai, und na ja, was soll ich sagen, ich möchte nicht arbeiten, oder: »arbeiten«. Nähen ist auch Arbeit. Vielleicht auch nicht. Ich möchte kein Geld verdienen, ich hasse Geld. Vielleicht möchte ich auch gar keinen Alltag mehr leben. Das klingt nun so depressiv, das meine ich gar nicht. Aber es geht mir doch um die Abschaffung der Wochentage. Schönen Tag der Arbeit dir. Love, Lukas.

*

Lieber Lukas, wie alt wirst du denn heute? Spaß, ich weiß natürlich, wie alt du bist. Alles Gute. Ich hoffe, dir geht es so gut wie mir. Ich hatte nur einen klitzekleinen

Zusammenbruch, aber es ist wieder alles okay, mir geht es wirklich gut. Es war so: Ich habe für Dr. Dubois, meinen Psychiater, diese Muffins gebacken, ich glaube, ich habe dir davon geschrieben, und er hat dieses Geschenk als hypomane Geste gelesen. Jedenfalls habe ich mit oder ohne Muffins eine neue Diagnose bekommen: bipolar. Zuerst ließ mich das kalt, ich bin nicht manisch-depressiv, dachte ich die ganze Zeit, und hielt das für eine Fehldiagnose. Nach Wochen, in denen das in mir arbeitete, hatte ich plötzlich einen Zusammenbruch: War alles falsch, was ich bisher dachte? Vielleicht kannst du das nicht nachvollziehen, aber die neue Diagnose hat mich in meiner Existenz erschüttert. Dir wird jahrelang gesagt, du seist depressiv, und plötzlich kommt man drauf, das war alles nur eine Lüge, du bist eigentlich jemand ganz anderer. Ich bin mir nicht sicher, ob ich manische Phasen habe, ob die Muffins ein Zeichen meiner Manie waren, ob die neue Diagnose meine Identität neu definiert. Bipolar und depressiv sind ja auch miteinander verwandt, wirst du dir jetzt denken, sind sie auch, und dennoch: Ich frage mich erneut, was diese großen Worte mit mir zu tun haben. Ein Bild vom Eiffelturm. Love, Lukas.

*

Lieber Lukas, es ist nun schon über drei Jahre her, seitdem ich das letzte Mal Alkohol getrunken habe, und um das zu feiern, haben Jacques und ich heute eine Flasche Sekt geöffnet oder zwei. Eben kamen Kinder an die Tür und haben mir einen neuen Satz beigebracht: »Des bonbons ou on sort!« Jacques und ich sind auch verkleidet, wenn auch nicht ganz jugendfrei.

Wir gehen gleich auf eine sexpositive Party. Das haben wir in letzter Zeit öfter gemacht, aber heute ist ja auch quasi ein besonderer Anlass. Die Darkrooms werden voll sein! Happy Halloween! Love, der bipolare und schon leicht alkoholisierte Lukas.

*

Lieber Lukas, ich schreibe dir aus meiner neuen Wohnung, besser gesagt: aus UNSERER neuen Wohnung. Jacques und ich haben uns zusammen etwas gesucht und mit etwas Glück eine wunderschöne Drei-Zimmer-Wohnung gefunden. Der Vermieter ist auch schwul und hat in uns wohl Verbündete gesehen. Wir hatten schon zwei Mal Sex mit ihm. Ich habe darauf bestanden, dass ich mein eigenes Zimmer habe, da ich mich noch immer weigere, arbeiten zu gehen, bin ich tagsüber viel in der Wohnung, also habe ich entschieden, dass ich meinen eigenen Ort brauche. In meinem Zimmer darf man auch, nein, SOLL man auch rauchen. Es gibt noch ein Wohnzimmer und ein Schlafzimmer (ganz klassisch) und wenn Jacques und ich Streit haben, schlafe ich in meinem eigenen Zimmer. Aber wir haben sehr selten Streit, so gut wie nie. Jacques ist so eine friedliche Seele und erträgt auch meine manischen Phasen. Frohe Weihnachten! Love, Lukas.

*

Lieber Lukas, ich bin so glücklich, und mir fällt auf, dass ich dir meistens schreibe, wenn es mir gut geht. Aber vielleicht geht es mir auch einfach immer gut, vielleicht habe ich die Depression überwunden. Ich bin so glücklich, du kannst es dir nicht vorstellen – und nicht nur, weil ich heute Geburtstag habe: Jacques und ich, wir hatten unseren ersten großen Streit. Er hat mir gebeichtet, dass er sich in jemanden verliebt hat. Ich muss dir sagen, wir haben ja oft Sex mit den verschiedensten Menschen, mal gemeinsam, mal alleine, aber wir haben nie so richtig über die Regeln unserer Beziehung gesprochen. Als er mir sagte, er habe sich verliebt in jemand anderen, ließ mich das erschreckend kalt. Das hat Jacques wütend gemacht. Ein kurioser Streit entstand, in dem öfter das Wort Liebe fiel. Dann hat er mir im Affekt einen Antrag gemacht. Beziehungsweise war es ein vorbereiteter Affekt. Er hatte bereits einen Ring für mich. Jacques hatte das anders geplant, aber der Streit war für ihn plötzlich der richtige Moment, um die große Frage zu stellen. Ich habe Ja gesagt. Ich bin heute 34 Jahre alt und komme endlich meinem Ziel näher, einmal geschieden zu sein. Love, Lukas.

*

Lieber Lukas, Elton John hatte recht, als er sang: »If I was a sculptor, but then again, no.« Das ist doch genial, er macht eine Metapher auf, die er nicht zu Ende bringen kann: das Unbehagen, über Liebe zu sprechen, die richtigen Worte zu finden. Wie kann man über Liebe sprechen, ohne dabei wie ein Klischee zu klingen? Heute ist mein Hochzeitstag. Wenn ich ein Bildhauer wäre, aber: nein, besser nicht, diese Metapher reicht nicht, um auszudrücken, was ich denke und fühle. Mir geht es so gut, ich kann es gar nicht in Worte fassen. Ich habe nicht mehr das universelle existentielle Bedürfnis nach Verschmelzung. Die Kugelmenschen waren dazu verdammt, auf ewig ihren, ihnen nach einem dualistischen Prinzip zugehörigen Gleichgesinnten zu finden, diese armen Kugelmenschen. Jacques ist nicht meine zweite Hälfte, er ist nicht mein Seelenverwandter oder bester Freund. Ich liebe ihn einfach und im Augenblick auf ewig, was auch immer mit dieser Ewigkeit passiert. Meine Liebe zu dir wird auch nie aufhören, ja, ich sage es: Ich liebe dich. Das wären schon zwei Menschen und ich bin der lebende Beweis, dass Platons Theorie nicht stimmen kann. In einem Paralleluniversum würdest du zu Jacques und mir ziehen und wir würden uns alle lieben und zusammen kochen und vielleicht Kinder großziehen. Ich trage heute einen wunderschönen, maßgeschneiderten Anzug und dazu High Heels, mit denen ich beinahe zwei Meter groß bin. Love, Lukas.

*

Lieber Lukas, ich schicke gleich noch eine Postkarte vom Eiffelturm hinterher, was ich sagen wollte, ging sich nicht auf einer Karte aus. Falls du dich wunderst, ich besitze einen Stapel von Eiffelturmpostkarten, die ich immer parat habe, falls ich dir schreiben möchte. Diese Karte gefällt mir besonders gut, sie ist sehr kitschig. Es ist mein Hochzeitstag, da kann ich auch mal zwei Karten verschicken, wenn du schon nicht dabei bist. Es ist doch eine Tatsache, dass in einer Beziehung einer der Schwache ist und einer der Starke, einer beherrscht, einer wird beherrscht, einer gibt, einer nimmt. Auch in homosexuellen Beziehungen und erst recht in heterosexuellen (wenn auch nicht unbedingt die Frau die Schwächere ist). Ich möchte nicht behaupten, dass Jacques und ich eine ausgewogene Beziehung haben, das wäre eine Lüge, an die es sich nicht zu glauben lohnt. Ich bin in einer Beziehung meist eher der Amy-Winehouse-Typ: Obsession. *Back To Black* und der ganze Scheiß. Ich bin *obsessed* von dem Thema Liebe, ich weiß. Und vielleicht auch nicht mehr so. Jacques genügt mir nicht, er ist keine Anhäufung von Zärtlichkeiten, die ein vermeintliches Loch in mir füllen. Ich glaube nicht einmal, dass ich ein Loch habe, das es zu füllen gälte, abgesehen halt von, na ja, meinem Loch. Doch, was macht Jacques so besonders? Wir haben uns nicht grundlos für die staatliche Institution Ehe entschieden, die eigentlich damit hantiert, körperliche Selbstbestimmung abzuschaffen, denn das ist unser Treueschwur: in allen Zeiten körperliche Selbstbestimmung. Ich muss mich jetzt schminken und dann geht es zum Standesamt. Love, Lukas.

*

Lieber Lukas, Weihnachten habe ich ja schon immer gehasst und heute hat das Leben mir wieder einmal gezeigt, dass zu Weihnachten alles zusammenkommt, das war schon bei meiner Oma so, die von ihrer großen Liebe zu Weihnachten verlassen wurde, und seit jeher ist dieses »Fest« in meiner Familie verflucht. Wir hatten eigentlich einen schönen Abend mit Freund:innen und uns ging der Alkohol aus und ich bin zum Pizzastand um die Ecke gegangen, um etwas Bier zu holen (»Bier?«, denkst du dir, »zu Weihnachten??« JA!). Da war ein Typ, der mir die ganze Zeit *pédale* und *tante* zugerufen hat: Schwuchtel. Ich habe einfach mein Bier gekauft wie eine Lady, die über den Dingen steht. Das hat den Typen noch wütender gemacht und er wollte auf mich losgehen, rief: »Je te tue!«: Ich bringe dich um. Er wurde rot im Gesicht, es war keine leere Geste, er fühlte sich von meinem Auftritt wirklich tief persönlich gekränkt. Sein Freund hat ihn auf- und festgehalten und ich bin davongelaufen. Als ich zu Hause war, habe ich eine Stunde lang nur geheult und mich betrunken. Jacques hat mich getröstet. Mir ist nichts passiert und ich hatte auch keine Angst um mein Leben, aber die Erinnerung daran, dass ich nicht dazugehöre, tat weh. Frohe Weihnachten. Love, Lukas.

*

Lieber Lukas, heute ist mein erster Hochzeitstag, und auch wenn ich den Vergleich mit der Tierwelt verabscheue, lohnt es sich heute vielleicht, einen Blick darauf zu werfen. Wenn Leute sagen, Homosexualität gäbe es ja auch in der Tierwelt, warum sollte es das nicht auch bei Menschen geben, dann ekelt mich das Argument an. Und doch ist es verrückt, dass es monogame Tiere gibt. Der arme Regenbogenpapagei. Der Regenbogen ist vergänglich, die wahre Liebe aber nicht, habe ich mal im Bezug auf diesen Vogel gelesen. Ich habe die Monogamie überwunden. Jede Begegnung mit einem anderen Menschen ist anders. Zur Feier des Tages haben wir einen jungen Mann eingeladen für heute Abend, der uns beiwohnen soll. Wir haben keine Kosten und Mühen gescheut, wir haben tief in den Geldbeutel gegriffen. Schönen Hochzeitstag dir, und der Eiffelturm. Love, Lukas.

*

Lieber Lukas: 36 heute. Ich habe dir in den letzten Jahren kaum geschrieben, das tut mir leid, ich war einfach zu beschäftigt. Ich hoffe, du nimmst mir das nicht übel. Ich merke, dass ich noch nie verstanden habe, wo der eine Mensch aufhört und der andere Mensch anfängt. Findest du, dass ich ein ehrlicher Mensch bin? Keine Sorge, hier beginnt keine Midlife-Crisis, dafür bin ich schon zu alt, mir geht es wirklich gut, so gut. Ich habe mich in einen Andrew verliebt, einen Amerikaner in Paris, und er meinte, ich müsste ehrlicher sein zu ihm, zu meinem Umfeld – und nicht zuletzt zu mir selbst. Meine Therapeutin bezieht sich permanent auf das innere Kind, was würde das innere Kind sagen? Aber auch der kleine Lukas war unehrlich. Es gab diese Zeit in der Schule, in der alle meine Klassenkamerad:innen einen Swimmingpool hatten und ich erzählt habe, wir hätten auch einen, nur weil ich dazugehören wollte. Dass die Lüge irgendwann auffliegen würde, ließ mich kalt, nein, die Lüge ging sogar so weit, dass ich irgendwann selbst geglaubt habe, dass wir einen Pool haben. Und dann saß der kleine Lukas in seinem kleinen Garten und war erschrocken, als er feststellte: Da ist gar kein Pool. Mein kleiner Bruder meinte einmal, Verliebtheit macht uns zu Soziopathen. Und wenn ich Andrew in die Augen sehe, frage ich mich, was ich in meinem Gegenüber sehe, außer einen beliebigen Hollywood-Film nachzuspielen. Sollte er mir das Herz brechen, ist Jacques da, um mich zu trösten. 36 heute. Love, Lukas.

*

Lieber Lukas, rechtzeitig zur Weihnachtszeit hat die Depression wieder angeklopft. Es zeichnet sich ein Muster ab: In den kalten Monaten bin ich depressiver als in den warmen, das ist gut zu wissen. Auf der Postkarte siehst du Jacques vor dem Eiffelturm als Beweis dafür, dass mein Ehemann wirklich existiert. Hast du ihn dir anders vorgestellt? Die Depression ist das Unfairste in unserer Gesellschaft – allein schon wegen der finanziellen Belastung: Wie viel ich an Rezeptgebühren, Arzt- und Therapierechnungen pro Monat zahle, was ein »normaler« Mensch nicht muss. Meine Therapeutin meint, ich müsste lernen, meine Krankheit zu akzeptieren – aber das möchte ich gar nicht. Wieso sollte ich akzeptieren, dass ich nicht gesund bin? Ich will alles geben, um diese Krankheit zu überwinden, ich werde Tabletten schlucken, mein inneres Kind spüren lernen, ich werde meine Traumata immer wieder durchkauen, ich werde die gesellschaftlichen Strukturen analysieren, die uns in diese schreckliche Krankheit befördern, ich werde reden und schweigen, ich werde an mir »arbeiten«, ich werde nicht ruhen, bis ich diese manische Depression überwunden habe. Frohe Weihnachten. Love, Lukas.

*

Lieber Lukas, Andrew und ich haben uns getrennt und ich verbringe Silvester jetzt doch mit Jacques. Wir hatten einen wunderschönen Abend, wir waren wie frisch verliebt, ich war so erleichtert, Andrew los zu sein und mich auf Jacques konzentrieren zu können. Und dann hatten wir einen Streit, nicht groß, aber doch. Ich bin in mein Zimmer gegangen und jetzt ist es halb zwölf und ich schreibe dir. Meine Therapeutin betont immer wieder, dass es für depressive Menschen so wichtig sei, Strukturen im Alltag zu haben. Immer zur gleichen Zeit schlafen zu gehen und zu essen und der ganze Quatsch. Darin bin ich ziemlich schlecht. Jacques meinte vorhin, dass das wahr sei, Struktur sei wichtig, und ich habe ihm zugestimmt, dass ich daran arbeiten würde, meinen Alltag besser zu organisieren. Doch dann hat er gesagt, dass mir die Strukturierung des Alltags durch einen Job guttun würde. Ich bin ausgerastet. Okay, ich bin nicht ausgerastet, aber ich wurde wütend. Es ging gar nicht um das Finanzielle, Jacques verdient gut, auch wenn mein Erbe fast verbraucht ist. Wir brauchen nicht mehr Geld. Es geht um den Alltag. Es geht angeblich um »Erfüllung«, um »Selbstverwirklichung«. Es ist doch unsinnig, seinem Beruf so viel Wert beizumessen. Und diese Menschen, die nur mit ihren Arbeitskolleg:innen befreundet sind. Nein, die Zeiten der Arbeit sind vorbei. Es muss doch etwas faul sein im Innersten einer Gesellschaft, die ihren Reichtum vermehrt, ohne ihr Elend zu verringern. Ich gehe jetzt zu Jacques und fordere Versöhnungssex ein. Love, Lukas.

*

Lieber Lukas, eine Postkarte vom Eiffelturm, dabei bin ich nicht einmal in Paris. Jacques und ich sind wegen meinem Geburtstag (37) aufs Land gefahren. Meine Therapeutin hat mir geraten, ein Fotoshooting zu machen, um meinen Selbstwert zu heben. Mit dem allerletzten Rest meines Erbes habe ich eine Spiegelreflexkamera gekauft und Jacques und ich sind auf ein

Feld gegangen. Zuerst habe ich mich extrem unwohl gefühlt, doch nach zehn Minuten habe ich einfach alle meine Klamotten ausgezogen und bin nackt über das Feld gelaufen. Mein liebstes Foto ist das, wo ich auf einen Baum geklettert bin und von oben runterpinkle. Auf dem beigelegten Foto siehst du, wie ich mich nackt in den eiskalten Fluss gelegt habe, der neben den Feldern fließt. Dir muss ich ja nicht erklären, dass mein Penis normalerweise größer ist, die Kälte, du weißt ja. Ich wollte das Foto unbedingt drucken und dir mitschicken, da ich festgestellt habe, dass du mich seit über sieben Jahren nicht mehr gesehen hast. Habe ich mich verändert? Mein dunkelbraunes Haar ist nicht mehr so dicht, dafür viel länger. Kleine Falten auf der Stirn und um die Augen. Mein Bauch ist dicker, das liegt am französischen Essen mit Käse und Weißbrot, und weil ich den ganzen Tag Wein und Bier trinke. Die Hornhaut auf meinen Füßen ist stärker geworden, was man auf dem Foto aber nicht sehen kann, meine Füße sind ohnehin hässlich. Mein Gesicht mag ich aber gerne, die weichen Züge, meine dichten Augenbrauen. Das ist aber auch das Einzige, das mir an mir gefällt. Ich bin gespalten über das Älterwerden. Ich bin stolz auf meine Erfahrungen und darauf, was ich daraus lerne, aber ich vermisse die verlorene Schönheit eines jungen Körpers. Wie du nach all dieser Zeit wohl aussehen magst? In meinem Kopf siehst du noch so aus wie damals – du hast dich gar nicht verändert. Heute bin ich die glücklichste depressive Person, die es gibt. Love, Lukas.

*

Lieber Lukas, frohe Weihnachten. Mir geht es gut, ehrlich. Ich bin nun seit einem halben Jahr psychisch stabil, so lange hat das noch nie angedauert. Am Anfang des Sommers hatte ich einen Durchbruch in der Therapie. Keine Sorge, dieser Durchbruch hatte nichts mit dir zu tun, es ging eher um meine Kindheit und die Eltern, blablabla. Ich will dich damit nicht langweilen, mit den lästigen, psychologischen Details, aber so viel sei gesagt: Man kann sich selbst nicht lieben. Man soll und muss das auch gar nicht, sich selbst lieben. Ich habe aufgehört, mich selbst zu lieben. Ich liebe lieber andere als mich selbst, das habe ich akzeptiert. In der Therapie habe ich vor einem halben Jahr bitterlich geweint, und als ich nach Hause gegangen bin, konnte ich plötzlich aufrecht gehen, es war, als wäre die Last eines ganzen Containerschiffs von meinem Rücken abgefallen. Seither ergibt sich alles wie von selbst. Ich habe einen neuen Boyfriend, Murat. Jacques und ich lieben uns noch immer und wir wohnen in unserer schönen Wohnung. Ich habe so viel Liebe zu geben. Nur nicht für mich selbst, ich höre auf, mich selbst lieben zu müssen. Murat und ich haben abgefahrenen Sex, ich lerne ganz neue Seiten von mir kennen. Jacques und ich haben schon viel ausprobiert, BDSM und so weiter, aber mit Murat: Wir haben stundenlang Sex und wenn ich dann komme, spritze ich im hohen Bogen durch das Zimmer. Murat hat diesen Fetisch, ihm ist egal, wie lang mein Penis ist, und wir wissen beide, dass diese Geschichte noch nie ein Problem für mich war, jedenfalls: Murat ist das egal, er will nur, dass ich, wenn ich spritze, weit und groß spritze. Deswegen darf ich oft tagelang nicht masturbieren oder Sex mit Jacques haben, für Jacques ist das okay, *one for the team, you know*. Und dann passiert es tatsächlich, dass ich so stark komme und quer durch den Raum ejakuliere. Ich habe in meinem Leben so viel masturbiert, dass ich gar nicht wusste, wie weit so ein Ejakulat durch die Luft reisen kann. Ich wünsche dir ein besinnliches Fest. Love, Lukas.

*

Lieber Lukas, mein 38. Geburtstag und ich kann gar nicht glauben, dass ich schon so nah an der 40 bin. Mir geht es so gut, ich will mich gar nicht über mein Alter beklagen. Mir geht es wirklich sehr gut, so gut, so wirklich und echt und einfach gut. Ich erinnere mich, als du sagtest, man muss glücklich, darf aber nie zufrieden sein. Mittlerweile sehe ich das andersrum: Man muss nicht glücklich sein, nur zufrieden. Du meintest, Zufriedenheit hindert einen daran, sich zu entwickeln. Was für ein *Bullshit*. Ich bin zum ersten Mal in meinem Leben an einem Punkt, an dem ich ehrlich sagen kann, dass ich zufrieden bin mit den Dingen, die ich habe. Es ist, als würde ich die Zeit langsamer wahrnehmen: als fände alles in Zeitlupe statt. Meine Gedanken sind scharf, meine Augen klar. Mir geht es so gut, so gut. Ich habe jetzt einen Sauerteig in meinem Kühlschrank. Ich trage jetzt manchmal Stringtangas, aber ich habe auch einen Sauerteig im Kühlschrank. Mir geht es so gut, so gut. Aus diesem Sauerteig backe ich viele kleine Brote, oder auch große Brote. Und dann füttere ich ihn, meinen kleinen Sauerteig. Ich gehe jetzt nur mehr jede zweite Woche in die Therapie, wir schleichen langsam Teile meiner Medikation aus und ich habe einen Sauerteig im Kühlschrank. Ich mache sogar manchmal

Sport, so gut geht es mir. Jacques hat auch einen Boyfriend und ich bin kein Stück eifersüchtig, so gut geht es mir. Ich bin jetzt Frühaufsteher geworden, ich stehe jeden Tag um sechs Uhr auf – und beginne meinen Tag. Heute bin ich aufgewacht und mir ging es gut und ich hatte Lust, den Tag zu beginnen, ich weiß auch nicht, was falsch mit mir ist. Manchmal nehme ich Drogen, aber ich trinke genug Wasser. Ich möchte nicht mehr zu Wasser werden, das ein Mann trinken kann, ich will nicht mehr zu einer Gewitterwolke werden, die auf dich regnet, damit deine Haut mein Wasser aufnimmt. Denn ich habe jetzt einen Sauerteig. Love, Lukas.

*

Lieber Lukas, in meiner Jugend war ich *obsessed* mit Viktor Frankl und der Sinnsuche. »Wenn eine Person keinen tiefgreifenden Sinn findet, lenkt man sich mit Vergnügen ab.« Ich habe die Sinnsuche überwunden (und widme mich lieber dem Vergnügen). Manchmal bin ich Hedonist, am nächsten Tag Asket – und umgekehrt. Jacques ist niemals der Sinn meines Lebens, auch wenn heute unser Hochzeitstag ist, der für irgendetwas steht. Damals warst du der Sinn meines Lebens, unsere Beziehung konnte auf dieser Grundlage gar nicht funktionieren. Wenn du mich gefickt hast, habe ich Vollkommenheit gespürt, einen Sinn in meinem Leben. Niemand macht irgendjemanden vollständig, das gibt es nicht. Wenn du ein wenig glücklich bist, findest du jemanden, den du halbwegs tolerieren kannst, dann krallst du dich daran fest und lässt diese Person nicht mehr gehen. Der Schlüssel zum Glück ist nicht die Suche nach Sinn, du musst einfach beschäftigt bleiben mit unwichtigem Schnickschnack, und irgendwann bist du tot. Seitdem ich das verstanden habe, bin ich zufrieden mit meinem Leben. Jacques und ich können uns über das Wetter beschweren, wenn es in Paris tagelang regnet, und das reicht mir derzeit. Man lernt aus seinen Fehlern und macht originellere Fehler. Ich glaube, das mit Murat wird zu einem Ende kommen, er ist jetzt Buddhist. Er meditiert den ganzen Tag nur mehr und irgendwann wird er innerlich tot sein. Und er kritisiert mich dafür, dass ich das nicht tue. Wir haben für heute nichts Besonderes geplant, wir werden Wein trinken oder Sekt und über das Wetter reden, auch wenn wir uns derzeit nicht beschweren können, denn die Sonne scheint seit Tagen. Ich finde das schön so. Love, Lukas.

*

Lieber Lukas, heute ist mein 39. Geburtstag. Kaum zu glauben, in einem Jahr werde ich 40. So fühle ich mich gar nicht, aber wie soll man sich auch fühlen mit 40? Ich hatte lange keinen depressiven Schub mehr. Schub. Ich finde es komisch, dass man das Schub nennt, die Depression schiebt nicht und zieht nicht, sie fällt und breitet sich von innen aus wie das Myzel von Pilzen, die unter der Erde wachsen. Hast du gewusst, dass Bäume diese unterirdischen Pilze als Kommunikationsmittel verwenden? Wie Internet für Bäume, aber ohne WLAN. Wie auch immer, ich bin die letzten Monate sehr ausgeglichen gewesen, kaum Gewitterwolken über dem Kopf, kein schwarzer Hund an meiner Seite, schon Traurigkeit, aber mit der konnte ich umgehen. Traurigkeit ist ja nicht Depression, habe ich gelernt. Mir geht es, na ja, irgendwie gut. Ich trinke wieder weniger Alkohol, nehme Drogen nur zu besonderen Anlässen, habe mich von Murat getrennt. Zum Abschied hat mir auch Murat gesagt, man solle öfter eine umgekehrte Bucket-List schreiben. Nicht die Dinge, die man in seinem Leben noch machen möchte, sondern die Dinge, die man schon geschafft hat. Das kam mir bekannt vor. Ich habe erneut begonnen, diese Liste zu schreiben, und sie wird immer länger. Da stehen Dinge wie zwei Studien abgeschlossen, Heirat (leider noch keine Scheidung), eine neue Sprache lernen (mein Französisch ist flüssig), ein Selbstmordversuch, in ein fremdes Land ziehen usw. usw. Stolz habe ich auf diese Liste geblickt. So viel ist schon passiert, und vielleicht wird noch einiges kommen. Ich schicke dir ein Bild vom Eiffelturm und viel Liebe. Lukas.

FÜNFTER TEIL

Ich bin im AKH in Wien. Jacques hat mich hergefahren, es war eine lange Autofahrt, wir haben wenig gesprochen, aber Gefühle waren da. Enttäuschung, dass ich wieder so tief gefallen bin, Freude, dass ich nun wieder professionelle Hilfe bekomme. Ich sitze in meinem Zimmer. Ich melde mich.

*

Ich schreibe dir SMS, weil ich alles gelöscht habe: WhatsApp, Facebook, sogar meinen Mail-Account. Ich weiß gar nicht, ob du nach all den Jahren noch immer diese Handynummer hast. Du musst mir kein Zeichen geben, aber du kannst, wenn du das möchtest.

*

Ich bin nun seit fast zwei Wochen hier und langsam stabilisiert sich die Lage. Zwei Wochen, es könnten auch zehn Minuten sein. Ich möchte zum Mars reisen, das habe ich mir in den Kopf gesetzt. Es gibt doch diese Mission mit Menschen, die mit einem One-Way-Ticket zum Mars fliegen, um dort eine neue Gesellschaft aufzubauen. Da möchte ich dabei sein.

*

Die Krise ist das Wesen des Kapitalismus. Deswegen würde ich nicht sagen, dass *ich* derzeit eine Krise habe, ich weigere mich, das zu behaupten.

*

Ich habe kapiert, dass ich niemals mir gehöre, sondern der Gesellschaft – mit meinem gesamten Körper. Das habe ich schon verstanden, als mich damals die Polizisten nötigten, ins Krankenhaus zu fahren, nur damit sie erstens ihr Gewissen beruhigten, zweitens ihre Macht ausüben konnten und drittens sicherstellen, dass sie mich als wertschöpfendes Subjekt der Gesellschaft nicht verlieren würden.

*

Ich trage jetzt einen Ring an einem meiner Finger als Zeichen von irgendetwas. Egal welcher Partner, er wird nie verstehen, was es bedeutet, ich zu sein, und das macht mich traurig. Ob Jacques mitkommt oder nicht, ist mir egal, der Gedanke an ihn reicht, um zum Mars zu reisen. Sein Körper wäre schön in einer Rakete, ist aber nicht essentiell.

*

Man kommt auf die Welt und nach ca. 90 Jahren verschwindet man wieder und dazwischen geht es nur darum, dass man, wenn man die Schmutzwäsche zur Waschmaschine trägt, nicht am Weg zu viele Socken verliert. Es geht im Leben wirklich nicht darum, glücklich zu sein, ich schaffe es jeden zweiten Tag, duschen zu gehen, und jeden vierten Tag, Haare zu waschen, und das ist echt schon viel.

*

Ich habe meine Ärztin gefragt: »Wann ist dieser Albtraum endlich vorbei?« Und sie meinte: »Geben Sie nicht auf, Sie arbeiten so hart an sich. Sie werden diese Depression überwinden, das verspreche ich Ihnen.«

*

Ich werde diese Depression nie überwinden. Meinen ersten Schub habe ich nach unserer Trennung vor zehn Jahren bekommen, aber wenn ich genauer hinschaue, hat die Depression schon begonnen, als ich neun Jahre alt war. Ich werde die Depression nie überwinden, ich werde mein Leben lang Medikamente nehmen und in Therapie gehen – auch wenn mich langsam das Gefühl beschleicht, dass die Therapie nichts besser macht, sondern nach und nach alles ein bisschen schlimmer.

*

Ich werde diese Depression nie überwinden, auch wenn meine Ärzt:innen und Therapeut:innen etwas anderes behaupten, aber das müssen sie ja auch. Ich werde die Depression nur überwinden, wenn ich endlich zum Mars reise. Am Mars gibt es keine Depressionen.

*

Ich werde immer wieder gefragt, was diesen schweren depressiven Schub ausgelöst hat, meine Therapeutin hier im AKH sucht archäologisch und beinahe verbissen nach Gründen, die ein vermeintlicher Auslöser sein können. Ich denke, mein Körper hat einen eigenen Rhythmus, in dem er selbst entscheidet, ob es Zeit für eine Depression ist. Es gibt keinen Grund und keinen Auslöser, das ist einfach so.

*

Es ist Sommer, da hatte ich selten einen depressiven Schub. Warum hat sich mein Körper die wärmste Jahreszeit ausgesucht, um nicht mehr zu funktionieren? Andere liegen am Meer, ich liege im Krankenbett.

*

Ich werde diese Depression nie überwinden. Auch wenn es mir schon besser geht (ich bin seit sechs Wochen hier), diese Depression wird mein ganzes Leben lang immer wieder zurückkehren. Ich will nicht mehr hoffen (wie sehr ich das Wort Hoffnung hasse), dass ich irgendwann gesund und stabil sein werde. Die Depression wird nie vorbeigehen – außer ich reise endlich zum Mars.

*

Ich kann das nicht mehr mit der Therapie, ich habe es satt, mit meinem inneren Kind zu kommunizieren. Ich heule nach jeder Therapiestunde. Es ist so anstrengend. Ich träume jede Nacht davon, dass ich die

Matura nicht schaffe, dabei war ich ein Einser-Schüler, das weißt du. Und meine Therapeutin fragt mich, was mein inneres Kind braucht, dabei sind Träume doch nur mentale Fürze.

*

Ich werde die Depression nicht überwinden. Ich werde jetzt zwei Mal die Woche mit Ketamin-Infusionen behandelt, ja DAS Ketamin, die Droge, das Pferdenarkotikum. Noch hat es mich nicht aus der Depression geholt, aber ich habe zwei Mal die Woche einen guten Drogenrausch. Das ist immerhin etwas.

*

Ich habe heute schon acht Tassen Kaffee getrunken und bin trotzdem so müde. Das Einzige, was ich heute gemacht habe, war ein Test, um herauszufinden, welcher Typ Brot ich bin. Karottenbrot. Am Mars werde ich nur mehr irgendwelche Kapseln schlucken oder Brei essen oder was auch immer dort angerichtet wird. Kann man am Mars masturbieren? Sollte ich mein größtes Hobby für den Mars aufgeben?

*

Ich werde diese Depression niemals überwinden, so viel steht fest. Ich werde immer wieder auf die Nase fallen, zum Glück ist meine Nase so groß.

*

Was hat sich verändert? *Dear Psychology: I am more than just my father's son.* Was hat sich verändert? Patrick Wolf singt in einem seiner Songs, dass er sich nach der Revolution sehne, Jahre später singt er auf seinen Konzerten statt Revolution nur mehr »resolution« – die Auflösung. Ich habe mich sehr über Patrick geärgert, aber jetzt verstehe ich ihn ganz gut.

*

Was hat sich verändert? Der Wunsch nach einem Happy End, nach dem Verbrennen einer Erinnerungskiste (ich habe damals unsere Erinnerungskiste verbrannt). Ich sehne mich nicht mehr nach einem Happy End, nur mehr nach einem Ende. Am Mars. Das, was mir fehlt, fehlt der Menschheit seit Anbeginn der Zeit. Deswegen muss ich so viel masturbieren.

*

Ich kann mir schon vorstellen, dass diese großen Feuerbälle eine Einwirkung auf meinen Körper haben. Und der Mond auf jeden Fall. Ich glaube nicht an Sternzeichen und Hokuspokus und diesen Schnickschnack, aber diese Bälle, die um uns herumfliegen, die müssen doch eine Bedeutung haben.

*

WARUM SOLLTE MEINE DEPRESSION NICHT DAS GRÖSSTE KUNSTWERK SEIN? Was, wenn deine Depression das größte aller Kunstwerke ist, und keiner hat es gemerkt? Was ist das Politische an deiner

Liebe? Das Herz ist ein Muskel in der Größe einer FAUST.

*

Was wünsche ich dir? Liebe ohne Leiden. Das perverseste Vater-Tochter-Duett aller Zeiten. Was wünsche ich mir? Liebe ohne Leiden ist mir zu wenig. Ich will weder mehr lieben noch leiden.

*

Ich werde zum Mars reisen. Vielleicht wird sie uns da endlich gelingen: die Abschaffung der Wochentage.